暖かな日に

三宅麗子
Miyake
Reiko

中央公論事業出版

もくじ

鰻

父の通夜に出たくないと母は言った。理由は言わなかった。喪主は母だった。

身動きできぬ重病人でもない限り、連れあいの通夜に出ぬなど、聞いたことがない。しかし母がそう言ったとき、樹子は何も言わなかった。母の言葉を受けいれたからではなく、驚いて言葉を失ったからだ。

父と母は福島の海添いの町で暮らしていた。東京に住む樹子は、ここ何年か一ト月に一度の割で帰省し、父母の手伝いをしてきた。二人が面倒がるようになった役場や銀行、保険の手続きなどを引きうけていた。樹子の他に父母を世話する者はいなかった。

母は気弱な性格で、ふだん自分を主張することはあまりなかった。世間体も気にするほうだった。その母が父の通夜に出たくないと言う。母の言葉に、樹子だけでなく近くに住む親戚連も一様に驚いた顔をした。

樹子が何も言わないので、代わりに親戚達が母を説得しはじめた。彼らは全員父方の親戚だった。母方の親戚で親しく交わる者はもういなくなっていた。母は大変頑なだった。けれど親戚達の粘りづよい説得を受けて、やっと首を縦に振った。

通夜の段取りは葬儀社や樹子がした。母はただ黙ってその場に坐っていればよかった。が、通夜の間中、母は涙を見せることもなく、ずっとそわそわしていた。心ここにないかのようだった。

翌日の葬儀のとき、母はまた出たくないと言いだした。このときも親戚達の説得を受けて、何とか出席することを承知した。しかし通夜のときと同じように、終始落着かぬ様子をしていた。喪主の挨拶は樹子がした。

葬儀のあと、樹子の家族、親戚、父の友人など、三十人余りが町外れの火葬場へ向かった。多くの人は送迎のマイクロバスに乗ったが、自分の車で移動する人もいた。

マイクロバスの中で、母は周囲から離れた席に一人で坐った。真直ぐまえを向いたまま、一心に何か考えている様子だった。樹子や日頃可愛がっている孫達も、目に入らぬようだった。そんな母が突然見知らぬ人になったような気がして、樹子は呆然と眺めていた。母の一連の言動に対する違和感もあって、自分から近づく気にはなれなかった。

父の火葬の間、参列者達は二十畳ほどの和室に集まって、待つことになった。部屋には幾つかの座卓が用意され、人々は思い思いの卓を選んで腰を下ろした。卓上には葬儀社が用意したお茶やお菓子が乗っていた。缶ビールや酒もあったが、酒類を呑む人はいなかった。

亡くなった父が八十歳という高齢だったからか、座に湿っぽい空気はなかった。親しい人ばかりでもあったので、部屋には賑やかな話し声が続いていた。時折は笑い声も交じったりしていた。

そんな集りが二、三十分ほど続いたときだった。

「わたし、帰りたい」

と、母が呟いた。思いつめたような顔をしていた。

母はこの町に住んで五十余年になるが、育ったのは東京だった。時によって福島弁を遣うこともあったし、まったくの東京言葉になることもあった。

樹子には母の呟きが聞こえたが無視した。またか、と思った。周囲の賑やかな話し声に掻きされて、母の言葉はごく近くにいる人にしか届かなかった。座には何の変化も起こらなかった。

するとと母はしばらくして、

「わたし、帰りたい」

と、先ほどよりは大きな声で言った。

今度の声は多くの人の耳に届いたようだった。座がしんと静まりかえった。これまで説得に当たった近い親戚以外、母が通夜や葬儀に出たがらなかったことを知る人はいない。多くの人は初めて聞く言葉に、ただ驚いた顔をしていた。

けれど樹子はもう迷わなかった。言い訳もしなかった。

「車で来ている方で、母を送れる方はいらっしゃいますか」

そう声をかけた。

すると若い親戚の一人がすぐに立ちあがって、

「おれが行ぐべ」

と言った。

その言葉を聞くや、母はそそくさと立ちあがった。

「よろしくお願いします」

樹子が頭を下げる中、母は皆の視線を浴びながら、少し澄まし顔になって部屋を出ていった。一言も言葉を発しなかった。

自分が言いだしたことなのに、樹子は不可解の念を拭えぬまま、母の後姿を見送っていた。

母が去ったあと、座は白けることもなく、また談笑が始まった。非難や驚きの言葉を口にする者はいなかった。それがどうしてなのか、樹子には分からなかった。集う人々の気質が大らかなのか、樹子を困らせぬための思いやりなのか。いずれにせよ、樹子には大変ありがたいことだった。

母が去って一時間以上も経ったころ、送っていった親戚が戻ってきた。ここから家までは車で十分ほどの距離だ。二十分もあれば往復できるはずだった。何かあったのかと、樹子が心配しはじめた矢先だった。

部屋に入ってくるなり、その親戚が笑いをこらえるような顔で言った。

「優子おばちゃんが、途中で鰻が喰いでって言いだしてな。仕方ねがら鰻屋さ寄っただ」

優子おばちゃんというのは母のことだった。

皆がどっと笑った。その笑いに嘲りの匂いはなかった。ただおかしがっていることが伝わってきた。樹子は救われたような気がしながら、自分も笑った。

夫の火葬の場を抜けだした人が、途中で何か食べたいと言いだすことが、そもそもおかしかった。それが鰻であるところが、尚更おかしかった。

なぜだろう。これが蕎麦やうどんだったら、おかしさは少し減じただろうか。いかにも精のつきそうな鰻というところが、滑稽感を誘ったのだろうか。

母はふだん淡白な食べ物を好む人だった。肉はほとんど食べなかったし、魚も平目や鯛などの白身しか口にしなかった。自分から鰻を食べたいなどと言いだすのは、腑に落ちなかった。

皆と一緒に笑いながら、なぜだろうと問う気持が、樹子の中に強く残った。

父の死後、母は家事手伝いの人を頼みながら、一年余を一人で暮らした。寂しいと口にすることはなかった。樹子の側で暮らしたいと口にすることもなかった。

樹子は母の身を案じながら、二週間に一度帰省し、母の話し相手になった。同じ町には親戚が多かった。彼らはしばしば母の元を訪ね、何かと助けになってくれた。この町に長く暮らしながら、母には友人と呼べる人が一人もいなかった。母の交遊関係は、ほぼ親戚に限られていた。

以前その理由を尋ねた樹子に向かって、母はこんなことを言った。

「だってお父さんがあのとおりなのよ。友達づきあいなんかできるはずがないじゃない」

確かにそれはあっただろう。父はかつて家の中で専横な振舞をしていた。常に自分の気分のままに行動し、何かおもしろくないことがあれば、客のまえでも平気で母を怒鳴りつけた。が、そのことだけが理由とは、樹子は思わなかった。母は内気なだけでなく、心の内に誰も入れぬ人だった。子供である樹子だけが多少は例外のようだった。これでは他人と親しい関係は築けぬだろうと樹子は思っていた。

母が一人暮らしをしている間、どうしたら寂しい思いをさせずに済むか、と樹子は考えつづけていた。樹子の東京のマンションに呼ぶことも考えたが、マンションは狭かった。しかしたとえ狭くなかったとしても、母が樹子の家で楽しく暮らせるとは思われなかった。樹子の家族、特に夫には必要以上に気を遣い、萎縮することは目に見えていた。あれこれ迷いながら、樹子は実家に通いつづけた。

実家の居間で向かいあい、樹子は母といろいろな話をした。話をするのは専ら母のほうだった。母は自分の育った家のことを飽かず語った。

「おばあちゃんて、本当におもしろい人だったわねえ。明るくて楽しいことが好きで、何でも冗談の種にしてしまう。わたし、どうしておばあちゃんに似なかったのかしら」

おばあちゃんというのは樹子から見ての祖母で、母の母親のことだった。

「おばあちゃんは昔からとっても喰いしん坊でね、おいしい物があると聞けば、東京中どこまででも食べに行ったものよ。お蔭でわたしも随分いろいろなところに連れていってもらったわ」

「東京ではね、わたしが子供のころでも受験があったのよ。いい女学校に入るために、友達も皆受験勉強をしていたわ」

ふだん話し相手がいないせいか、母はいくら話しても疲れるということは、ないかのようだった。

家族の話の合間に、母は他人とのできごとを語ることもあった。そしてそれはほとんどが恨みの籠もる話だった。たとえ数十年まえのできごとであっても、母はあたかもきのうのことであるかのように語った。

「あの人はね、お腹の大きいわたしに、わざわざ大荷物の乗ったリヤカーを引かせたのよ。この辺りではお産なんて、誰も病気だと思ってねって言って」

「わたしがスカートを穿いていたらね、それで商家のおかみが務まると思ってんのか。いつまでも東京風吹かせてんでねって言われたわ」

父の仕事は建設業だった。母は商売には直接関わっていなかったが、何かと手伝わねばならぬことはあった。

母は他人に理不尽なことを言われても、決して言いかえすことのできぬ人だった。言いかえせぬだけでなく、怒ったことを表に出すこともできぬ人だった。ただ傷ついたような悲しそうな目をしていた。

そんな風にして溜めこまれた悔しさは、何年経っても何十年経っても、心の中から消えていかぬようだった。

樹子は母の話を聞くのが辛いと思うこともあった。母の発する言葉の澱が、樹子の中に少しずつ沈澱していくような気がしたからだった。しかし近くに呼んでやれぬ樹子は、それを償うような気持で母の話を聞きつづけた。

母の話の中に、老耄を疑わせるようなものは交じらなかった。樹子は安心したが、それなら父の弔いのときのあの振舞は、一体何だったのだろうと改めて思わずにいられなかった。

それに母の話の中に父のことは一度も出てこなかった。あまり触れようとしないといったことではなく、一切出てこないのだった。樹子は不可解に思ったが、自分のほうから触れようともしなかった。母のありようが母の心の深くに根ざすことのように感じたからだった。

両親が三十代のころから四十代にかけて、父は母に暴力を振るっていた。口喧嘩の果てに手が出たというようなことではなかった。ただ一方的に振るう暴力だった。

暴力の理由は些細なことだった。食事の仕度が時間どおりにできていなかったとか、掃除のあとで父の書斎の置物が少し曲がっていたとか、そういうことだった。父は極端に時間に正確に行動する人だったし、物が定規で測ったように真直ぐでないと、気の済まぬ人だった。直接的な理由はそんなことだったが、本当の理由は父の中にあった何かへの大きな怒りや不満だったのだろう、と後年樹子は思った。

暴力を受けるとき、母は一切抵抗をしなかった。ただ躰を丸めて身を守ろうとするだけだった。

側で見ている樹子は、どうしたら母を助けられるかといつも考えていた。父に飛びかかることを何度も夢想した。が、恐ろしくてできなかった。父は躰が大きかったし、がっしりしていた。

そんな状況が何年も続いたのに、母は逃げようとはしなかった。辛抱強かったからではなく、逃げる場所がなかったからだ。母の親達はもう亡くなっていたし、母にはきょうだいもいなかった。

そのころ、母はぼんやりと宙を見つめながら、

「一人になりたい」

と呟くことがあった。

「東京に行って、一人で暮らしたい」

と呟くこともあった。

樹子を連れて逃げたいとは言わなかった。自分を連れていくと言わぬ母を、樹子は不思議に思った。しかし残される心配はしなかった。母が何か思いきったことのできる人ではないと、子供心に感じていた。

そんな風に、若いころは家族を苦しめた父だったが、五十歳を過ぎるころから、少しずつ変化していった。年々穏やかになり、母に暴力を振るうこともなくなった。老いを迎えて、何か

憑き物が落ちたかのようだった。どんな心境の変化があったのか、父は語らなかった。家族といえども人が問えることでもなかった。六十歳を過ぎるころには、父は他人から温厚な人と言われるような老人になっていた。

それと並行するように父と母の関係も変わっていった。父は母の言うことにほとんど逆らわなくなった。内気な母が父に対してだけは遠慮せず、思ったことを口にするようになった。それまでの恨みがあるせいか、母の言葉は辛辣だった。

「あなたは人との交渉が下手過ぎるのよ。目のまえにいくらでも儲ける機会があるのに、みすみす損ばかりしている。正直で駆引きをしないのは、自分の良心に従ってるつもりでしょうけど、そんなのは家族にも従業員にも迷惑なだけよ。商売人なんだから」

気弱な母のどこにそんな手厳しい言葉が潜んでいたのか、端で聞く樹子もあっけに取られるほどだった。

父と母の関係が変わったあとの二十余年、二人はごくふつうの夫婦として暮らしていた。父は齢を重ねるごとに人間としての深みを増していくように見えた。他人を誇らず、不平を洩らさず、周りに求めず、淡々と生きているようだった。若いころは嫌った父に、樹子はいつか人間としての敬意を抱くようになっていた。

けれども樹子は父に殴られたわけではなかった。実際に殴られた母がどう思っているのかは、樹子には分からぬことだった。穏やかに暮らした二十余年の間に、許したのかもしれないし、それでも許せぬものが心底にあったのかもしれない。

父の弔いのときの母の振舞を見たとき、樹子がまず思ったのは母は父を許していなかったのか、ということだった。それ以外に解釈のしようがなかったからだ。

父の一周忌に母は出席しなかった。このとき樹子は初めから期待していなかったから、落胆もしなかった。親戚達ももう何も言わなかった。

が、母は父の一周忌に無関心だったわけではない。樹子が出席者の名簿を作るのを、案外熱心に手伝ってくれた。故郷を離れて久しい樹子が、遠い親戚の名前や住所を知らなかったからだ。

一周忌の法要が終わったあと、それがどんな風であったかを、母は知りたがった。

「きちんとした、いい法要だったわよ」

樹子が答えると、母は柔らかな安堵の表情を浮かべた。

葬儀のときに抱いた母への違和感が鮮明な樹子には、その反応が意外だった。しかしそれがどういう意味であるのかは、分からなかった。

父の死後一人で生きた間、母は身心に大きな変化を見せることはなかった。それでも多少のことはあった。母は若いころから不眠症で、睡眠薬を飲みつづけていた。薬の扱いには慣れているはずだった。

けれど樹子が帰省したあるとき、

「わたし、よっぽど疲れているのねえ。このごろ昼間でも眠ってばかりいるのよ」

と言った。

眠れない人が昼間でも眠いというのはどういうことだろう、と樹子は訝った。本人の言う疲れているからという理由は信じられなかった。疲れているというのは昔からの母の口癖だったからだ。が、そのときはただ不審を抱いたままで過ぎた。

しかし次に帰省したときにも、母は、

「わたし、眠っても眠っても眠いのよ。長い間に溜った疲れって、ちょっとやそっとじゃ取れないのねえ」

と呟いた。

樹子は何かがおかしいと思った。薬を調べてみると、残っているはずの薬が足りない。薬は一ト月に一度、樹子が母と一緒に医院に貰いに行っていた。

「一度に二錠飲むことがあるの?」

樹子が訊くと、

「いいえ、そんなことはしないわ」

母は少し憤慨したように答えた。

意識してやっているのでなければ、夕食後に飲んだのを忘れて、寝るまえにもう一度飲んでいるのかもしれない。そうした勘違いは誰にでもあることだった。老耄の徴とは思わなかった。

それでも飲みすぎて事故などあってはならなかった。樹子は一錠ずつ袋に入れ、そこに日付を記すようになった。以後母はいつも眠いと呟くことはなくなった。


父の墓は町外れの寺の中にあった。母がいる間樹子は始終帰省したから、いつでも墓参りができた。けれど帰省の必要がなくなれば、自然に墓参りの回数は減るだろう、と樹子は思った。樹子は東京の自宅から遠くないところに、墓地を買う決意をした。都内を少し外れたところに、一区画買うことができた。

「家から四、五十分のところにね、墓地を買ったのよ。いずれうちのお墓をそこに移すから。古い大きなお寺の中にあってね、静かなところよ」

母に伝えると、母は嬉しそうに微笑んだ。そして、

「そう」

と呟きながら、大きくうなずいた。

口には出さなかったけれど、本当は娘の側に来たかったのだろう、と樹子は感じた。死んだあとしか呼んでやれぬ自分に、罪悪感を覚えた。

母は昔受けた手術が原因の、内臓癒着が本で亡くなった。

母が亡くなると、樹子は両親がいたころよりむしろ頻繁に、二人のことを考えるようになった。ふと気がつくと、二人のことを考えている。長い間考えつづけるというようなことではなかった。思いだしてはあのときのあれは何だったのだろうと考え、すぐにまた忘れる。そんなことだった。が、そういうことが度重なるうちに、ばらばらだった記憶が一つの形を成すこともある。

友人の娘の結婚式がきっかけだった。結婚式についてあれこれ話すうちに、樹子の中に自分の結婚式の記憶が甦ってきた。三十年近くもまえのことだったから、ふだん思いだすことはほとんどなかった。

しかしいったん思いだすと、次々と記憶が甦った。結婚が決まった相手を、初めて故郷の家に連れていったときのことだった。樹子は家を離れているから、迎える準備は親達がしてくれることになっていた。それでも何か手伝えることはあるだろうと思い、樹子は婚約者より一日早く帰省することにした。

ところが帰ってみると、親達は人を迎える準備をまったくしていなかった。家の中は掃除されておらず、水廻りも磨いたような形跡がない。母はふだんからあまり掃除をしない人だったから、汚れが目立った。

驚く樹子に向かって、父が、

「お母さんは三日まえから風邪で寝込んでいる」

と、困ったような表情で言った。父自身は家事などやったことのない人だったから、代りに自分がやろうという発想はないようだった。

樹子は呆然とした。たとえ三日まえに風邪を引いたとしても、一週間か十日まえから掃除を始めていれば、こんなことにはならないはずだった。

けれど文句を言っている暇はなかった。樹子はすぐにふだん着に着替え、掃除を始めた。家中に掃除機をかけ、廊下や台所の床に雑巾をかけた。トイレや風呂は特に念入りに磨いた。家の中は何とか人を迎えられる程度に綺麗になった。

母は布団の中から、

「済まないねえ」

と弱々しい声で言った。

が、翌日の朝になると、母はさっぱりとした顔で起きてきた。病みあがりの人のようなやつれはなかった。そして客を迎える昼までには、ちゃんと人に出せるだけの料理を作った。

このときのことを樹子が憶えているのは、母の振舞のせいではなかった。ただ大切な人を初めて迎えた日のことだったからだ。

それと同じように、結婚式前日のことを樹子が憶えているのも、それが特別な日のことだったからだ。

樹子達の結婚式は東京で行われた。両親はまえの日に上京し、上野の旅館に泊まっていた。樹子も夕方には合流し、一緒に泊まることになっていた。樹子が行くまで、両親は宿でゆっくり休んでいるはずだった。

しかし夕方樹子が旅館に着くと、母は布団に横になり、ぐったりとしていた。息が苦しそうだった。父によると、しばらくまえからこんな様子だという。

樹子と父は心配しながら、しばらく母の様子を見守っていた。けれどいっこうによくなる気配はなかった。

「心臓がどきどきする」

と、母は胸の辺りを手で押さえながら言った。

その言葉を聞いて、樹子は救急車を呼ぶ決心をした。が、旅館側はいい顔をしなかった。世間体を憚ってのことのようだった。樹子はいったんは引きさがった。

しかし母の様子は只事ではないように見えた。樹子はもう一度旅館に頼み、救急車を呼んでもらった。

救急車には樹子が同乗した。どこの病院へ運ばれるのか分からなかった。父は東京に不慣れだったし、これから起こる様々なことに対応できるかどうか心許なかった。

救急車は思ったより近い、お茶の水の病院に到着した。それでも母の検査には長い時間を要した。これといった持病もないのに胸が苦しいという。いろいろな可能性を考えなければならなかった。検査が終わったのは、夜の九時を過ぎたころだった。

「特に異常は見られませんねえ。長旅の疲れかもしれません。念のために一晩だけ入院して様子を見ましょう」

と医師は言った。

樹子はほっとした。と同時に拍子抜けのような気分を味わった。医師に明日が自分の結婚式であることを告げ、泊まりこみの付添は免除してもらった。

母が寝ている病室を出るとき、

「いろいろ準備があるから、帰るね」

と言うと、母は目を閉じたままこっくりした。

旅館に戻ったときは、十時近くになっていた。樹子は冷めた夕食を一人で摂り、風呂に入った。風呂に入っているとき、少し涙が零れた。一番綺麗でいたい日に、寝不足で顔が荒れるのが心配だった。

次の日、母は朝早くにしゃんとした様子で戻ってきた。忙しい樹子はどうしてそんな早い時間に退院できたのか、尋ねる余裕もなかった。

結婚式の間、母は何事もなかったように、嬉しそうな顔で花嫁の母を務めていた。そのあとの結婚生活が幸せだったからか、このときのことも樹子はほとんど思いだすことがなかった。

けれど久しぶりにこの二つのことを思いだしたとき、樹子は突然父の弔いのときの母の振舞が分かったような気がした。母は逃げたのだと思った。

喜ばしいことであれ、悲しいことであれ、大きな出来事に直面すれば人は圧迫を感じる。それでも多くの人は何とか頑張ろうとする。母はそれができなかったのだ。樹子の婚約や結婚のとき、母が病を装ったとは思わなかった。が、心の働きが躰の働きに作用することはあるだろう。母は無意識のうちに圧迫から逃げようとしたのではないか。母はそういう人だったのではないかと思った。

そう思えば、父の葬儀のことも得心がいった。父への憎しみが残っていたからではなく、父の死に直面することから、母は逃げたのではないか。そう思うほうが、よほど母の本性に合っているような気がした。

それにしてもあのとき食べたがったという鰻は、いったい何だったのだろう。樹子には家族と一緒に鰻を食べた記憶がなかった。それが高価だからというより、母も樹子も鰻が好きではなかった。が、思いかえせば、父は鰻が好きだったような気がした。

樹子は知らなかったけれど、母は父につきあって町の鰻屋に行くことがあったのかもしれない。そう思えば火葬場から帰る途中で、鰻が食べたいといった理由も理解できなくはなかった。周りから呆れられるような行動を取りながらも、母は母なりに父に寄りそっていたのかもしれない。

それはともかくとして、何十人もの人の不審の目を尻目に火葬場から逃げた母の負のエネルギーを、樹子は大したものだと思わぬでもなかった。母への違和感はもうなくなっていた。半ば呆れ、半ば感心するような気持で、樹子は母のことを思いだす。

青紫

「今年は紫陽花の色が殊のほか見事ねえ」

廊下に置かれた藤椅子に掛けて、智子が言った。

先ほどから一心に庭を眺めている。視線の先にはたっぷりと咲く青紫色の花があった。湿り気を帯びた空気の中で、その色は辺りを払う高貴の色を放っていた。

「そうねえ。今年は南天の花もいつになくよく咲いたし、天候のせいかしら」

光子も窓際に立って庭を見る。

二人が見ている庭は広かった。敷地は三百坪ある。その割に家は大きくなかった。敷地のほとんどが庭と言っていいくらいだった。

この家屋敷は智子の夫が親から相続したものだった。房総半島がもっともくびれた辺りに位置する。家自体は智子夫婦が越してくるときに建てかえている。しかし庭にはほとんど手を入れていない。計画的に造られた庭ではなく、欲しい樹を欲しいと思ったときに植えたような庭だ。けれど今ではそれが自然林のような趣を呈している。

智子と光子は老姉妹だ。智子が八十三歳、光子が七十九歳になる。ずっと同居していたわけではなく、それぞれが長い結婚生活を送り、子供も二人ずついる。

智子は東京で長く暮らし、夫婦共に定年を迎えたあとで、夫の故郷に越してきた。その夫を五年まえに亡くしている。光子も東京で暮らし、三年まえに夫を亡くした。夫を亡くしたのを機に、智子の許に移ってきた。

光子が智子との同居を望んだのは、経済的な理由からではなかった。設計事務所を経営していた夫は、光子が一人になってもゆったり暮らせるだけのものを遺してくれた。しかし光子は寂しがり屋だった。夫を失った悲しみと心細さの中で、一人で暮らすことに耐えられなかった。

そんな光子を見て、子供達が同居を申しでた。けれど光子は子供達とは同居したくなかった。子供達にはそれぞれの家族がいて、各々の暮らし方がある。そんなできあがった家庭の中に、突然入っていく自信がなかった。邪魔者扱いはされないだろうが、両手を上げて歓迎されるとも思われなかった。

そんなときに浮かんだのが、智子と一緒に暮らしたいという思いだった。姉のところならば、さほど気兼ねをせずに暮らせるような気がした。智子に気持を伝えると、

「あ、そう。いいんじゃない」

という淡々とした答が返ってきた。

が、その声音には確かな喜びが含まれていた。これなら大丈夫と光子は思った。すぐに心が決まった。

智子の娘達は二人とも結婚していて、仕事を持っている。それぞれ都心に勤務し、責任ある仕事をしている。自分のキャリアと家庭の両立で、ぎりぎりの暮らしをしているのだった。老いた母親を心配はしても、現実には何もできない。智子は施設に入ることを望んでいない。そんな状況下での光子からの申し出だった。智子の娘達は一も二もなく承諾した。そんな訳で、姉妹は五十余年の時を経て、共に暮らすようになったのだった。

「お姉さん、早く食べましょう。八時には植木屋さん達が来るわよ」

光子に促されて、智子が、

「そうね」

と言いながら立ちあがった。

立ちあがる拍子に少しよろめいた。

「大丈夫？」

光子が声を掛けると、智子は、

「大丈夫ですよ」

と、心外そうな声を出した。

智子は足腰の衰えを恐れて、毎日三十分の散歩をしている。それでも筋力の衰えを食いとめることはできていない。

光子だって似たようなものだ。しかし老いてからの四歳の差は大きい。歩く早さも日常の動作も、光子のほうが明らかにしっかりしていた。

二人の朝食の献立は決まっている。バターを塗ったトーストに卵焼きか目玉焼き、それに野菜サラダ、果物、ホットミルクである。食後には必ずコーヒーを飲む。コーヒーは毎回豆を挽き、ドリッパーで丁寧に淹れる。同じ家で育ったから、食べ物の好みも似ている。

姉妹は東京の渋谷で育った。父親はイギリスから茶器や紅茶などを輸入する仕事をしていた。仕事柄たびたびイギリスに渡航した。そのせいか暮らしかたの好みがモダンだった。姉妹は子供のころから、朝食にはパンを食べ、バターやミルクをふんだんに与えられて育ったのだった。

朝食は大抵光子が作る。夕食は交代で作るが、昼食は外食することが多い。バスとタクシーを遣えば大概の店には行けるのだった。

朝食後、コーヒーを飲みおわって少ししたころ、植木屋がやってきた。きっかり八時だった。職人はいつも三人で来る。六十歳前後の兄弟と、兄のほうの息子だ。三人掛かりで丸一日かかる。智子夫婦がここに住みはじめてから、ずっと同じ植木屋を頼んでいる。

梅雨時と年末と、年に二回頼む。そうしないと庭がジャングルのようになってしまう。長いつきあいだから、彼らは手入れ以外のこともしてくれる。台風で樹が倒れれば起こしに来る。雀蜂が巣を作れば駆除しに来る。この庭を維持するのに、彼らはなくてはならない存在だった。

姉妹が挨拶のために外に出ていくと、彼らはもうてきぱきと働きはじめていた。トラックの荷台から、大小の梯や剪定鋏などを運びいれている。

「よろしくお願いします。いつも通りで結構です」

智子が挨拶した。

声に張りがある。何十年も大学で教えていたせいだろうと光子は思う。しかしよく考えてみると、智子は子供のころから声がよかった。歌も上手だった。親戚の集まりなどでよく歌っていた。歌う歌は子供らしい童謡などではなく、当時の流行歌だった。節回しもよかったから、大人達が喜んで歌わせた。

ところが光子の声は掠れていた。声量がないだけでなく、少し音痴でもあった。姉妹なのにどうしてこう違うのか。智子が大人達から喝采を浴びるたびに、光子は悲しい思いをしたのだった。

職人達が本格的に仕事を始めた。姉妹は家の中に戻った。光子はまっすぐ台所に向かい、シンクに置いてあった食器を片づける。食器はほとんど食洗機で洗う。食洗機だけでなく、智子の家には便利な電化製品が揃っている。ロボット掃除機もあるし、乾燥機つきの洗濯機もある。やるべき家事は多くない。

それでも細々とした掃除や新聞の始末、ゴミ出しなどはある。それらは光子が引きうけている。しかし光子に不満はなかった。光子のほうが若いし、それに光子は昔から物事にあまり不平不満を抱かない性格だった。子供のころよく父に、この子は人がいいなあ、と言われていた。そう言われることを嫌だと思った記憶はない。多分評する父親が、いつも愛おしそうな愉快そうな表情を浮かべていたからだろう。

光子の人の好さのようなものは、いろいろな面に現れた。姉の智子と喧嘩したときなどには、殊に顕著に現れた。姉妹が私立の小学校に通っていたころのことだった。二人は些細なことで口論になった。四歳上の姉に口でかなうはずもなく、光子はすぐに言いまかされてしまった。

負けて悔しかった光子は、仕返しに智子の机の上にあったノートを手に取り、びりびりに裂いてしまった。気性が激しいわけでもないのに、光子にはかっとすると後先を考えぬところがあった。

このとき智子は光子には思いもよらぬ反応をした。光子がノートを破る様子を、止めもせずにじっと眺めていた。そして破りおわったときに、一言、

「お母さんに言うわ」

と言ったのだった。冷静な声だった。

その声を聞いた途端、光子は我に返った。そしてわっと泣きだした。

「お願い、お母さんには言わないで。ちゃんと直すから」

泣きながら必死で頼んだ。

母はきつい人ではなかった。智子から話を聞いたとしても、さほど強く叱るとも思われなかった。が、光子は無我夢中だった。破れたノートを掻きあつめ、糊でくっつけようとした。しかし光子の努力も空しく、ノートはただぐしゃぐしゃとした紙の塊になるばかりだった。

光子がその無益な努力を続けている間、智子は何も言わずに見ていた。笑ったりすることもなかったが、もういいよと助け舟を出してくれることもなかった。ただ無言だった。そんな智

子を光子は恐いと思った。

この騒動のあとで、智子が母に告げ口をすることはなかった。光子に向かって蒸しかえすこともなかった。いつの間にか光子の中で記憶は薄れた。しかしずっとあとになって、光子がこのときのことを思いだすできごとがあった。


十時近くになって、光子はお茶の仕度を始めた。十時と三時に職人達にお茶を出す。昼食時のお茶はいらない。職人達が家に戻って食事をするからだった。彼らの家は同じ町の外れにある。

紅茶を淹れてクッキーとさくらんぼを用意した。二つのお盆に分けて載せ、姉妹はそろそろと庭に出た。お盆を濡れ縁に置いて、職人達に声を掛ける。職人達はすぐに梯から下りてきた。彼らは樹の切り株や壊れかけの椅子などに、思い思いに腰を下ろした。智子と光子は紅茶を供したあと、自分達も濡れ縁に坐った。

職人達は紅茶をおいしそうに飲んだ。が、クッキーはあまり食べなかった。さくらんぼは少し摘んでいる。

庭木の話をしばらくしたあと、智子が、

「少し痩せたんじゃない？」

と、兄弟の弟のほうに話しかけた。

弟は一瞬の間を置いて、

「死にかけた」

とぶっきらぼうに言った。

彼はいつも仏頂面をしていて、口数も少ない。

「どうしたの」

智子が驚いて訊くと、

「血を吐いて倒れた」

また短い返事だった。

「どうして」

「胃潰瘍。酒だ」

彼の電報のような言葉を繋ぎあわせて、次のようなことが分かった。

彼はかなりまえから胃の調子が悪かった。しかし酒を止められるのが嫌で、家族の誰にも話さなかった。医者にも行かなかった。そしてある日とうとう家の中で大吐血し、気を失って倒れた。やがて帰宅した妻が彼を発見し、救急車を呼んだ。

「女房の帰りがもう少し遅かったら、死んでたな」

彼は珍しく、長いセンテンスを喋った。

すると、そこに、

「もう、酒は呑めないなあ」

と、彼の兄が口を挟んだ。なぜか声が笑っていた。

それに対して、弟は口の中で肯定とも否定ともつかぬ唸り声を発した。

そのあとはしばらく、兄のほうが町の噂話をした。彼らは代々この町に住んできた人達だ。仕事柄多くの家に出入りする。町のできごとは大抵知っているのだった。

その話によると、最近町の有力者がゴルフ練習場の経営に失敗し、借金のかたに家を取られた。

「あんなことは初めて見たけんが、悲惨なもんだなあ。じいちゃんは息子の仕事のことも何で家を追いだされるかも、分かってないだよ。嫌だ嫌だって泣いたけんが、どうしようもないもんなあ」

彼はしんみりと言った。

聞くほうも何となく深刻な顔になる。そのほかに彼は別の有力者が選挙違反で捕まった話などもした。こちらのほうは比較的明るい話だった。

弟と違って兄のほうは賑やかな話好きだった。弟が無口なのは、子供のころから兄に喋る機会を奪われたせいではないか、と光子は密かに思っている。

職人達は二十分ほど休んで、仕事に戻った。光子達も家に戻り、手早くカップを片づけた。これから大きな仕事が待っている。梅を漬けるのだ。

梅は昨夜から水に浸けてあった。そうやって汚れやあくを取りのぞく。梅は大きな盥に三つ分ある。毎年三十キロ漬ける。子供達にも分けるためだ。が、子供達は大して喜ばない。昔ながらの塩辛くて酸っぱい梅干しが苦手なのだ。しかし昔ながらの梅干しには薬効があると、光子達は信じている。子供達にも食べてもらいたい一心で、作りつづける。

梅を笊にあけて乾かしたあと、一つ一つ竹串でへたを取る。二人に急ぐ理由はなかった。楽しみながら丁寧に作業を続ける。台所中に甘酸っぱい芳香が広がった。水に浸けておくと追熟が進むのか、強い香りが立つのだった。

へたを取った梅をもう一度水洗いし、再び乾かす。あとは塩漬けするだけだ。漬ける瓶の数は十個にもなる。重石も十個だ。年老いた二人には、重石を運ぶのがもっとも厳しい作業だった。塩漬けしてしまえば、あとは澄んだ水が上がってくるのを待つだけだ。二人は日に何度も蓋を開けては、水が上がってくるのを見守る。水が上がればあとは紫蘇が出回る時期まですることはない。

お昼になって、職人達は家に帰っていった。彼らは一時間ほどで戻ってくる。光子達はいつものように外食するわけにはいかなかった。昼食は智子が作ることになった。そうめんと野菜の天麩羅を作るという。茄子、ピーマン、人参などを智子は手際よく揚げていく。

「お母さんの天麩羅はあまりおいしくなかったわね」

智子が揚げながら言う。

「そうね。衣が重くてね。どうしてかしら。ほかのお料理は上手だったのに」

光子が食器を揃えながら答える。

姉妹はよく育った家の話をする。親やきょうだいのことになると、話の種は尽きることがない。他人には詰まらぬ些細なことも、姉妹には実に懐しい思い出なのだった。姉妹には二人の兄がいた。二人とももう亡くなっている。彼らを思う気持もまた、共通して強かった。

料理ができあがって、食卓についた。姉妹ともに年齢のわりによく食べる。

しばらく黙って食べたあと、智子がふいに言った。

「あなた、このごろいい顔になったわねえ」

「えっ、そう。自分ではただ老けただけだと思うけど」

光子が笑って答える。

「老けるのは仕方がないわ。そういう歳ですもの。わたしが言うのはね、内面の話。誰でも顔には内面が出るものよ、恐いぐらいに。若いころだってそうだと思うけど、歳をとると、それが余計顕著になるわね」

智子が言う。

「そう」

「そう思うわ。あなた、昨日お父さんの話をしたとき、一度も憎んだことがないって言ったでしょ。ただ悲しかったって」

顔の話とどう関わるのか腑に落ちぬまま、光子は耳を傾ける。

「それを聞いたときね、わたし、とても驚いたのよ。だってわたしはお父さんを憎んだから。激しく憎んだから。同じ家に育ったのに、こんなにも受けとめかたが違うんだなって、本当に驚いた。これまであなたも当然わたしと同じように感じているものと思っていたから、わざわざ尋ねようともしなかった。二人で父親の悪口を言っても仕方がないしね」

智子はそう言って言葉を切った。

姉妹の父親は商才があって、世間では遣り手で通っていた。その分遊びも派手で、毎晩取りまきを連れて呑みあるいていた。それだけなら母親はさして気に病まなかったかもしれない。けれど父親は無類の女好きでもあった。次々と女遊びを繰りかえし、惚れこむとすぐに囲った。同時期に、二人、三人と囲っていたこともある。

そういう噂は自然と母の耳にも入り、母は家の中でいつも鬱屈した顔をしていた。物蔭でそっと泣いたりしていることもあった。それでも気の弱い母親は、父に向かって直接何か言うことはなかった。

父のほうは家族に何不自由ない暮らしをさせていることを誇りにしていた。それ以上何の不満があるか、という態度だった。母の苦悩を思いやるような様子は、毛ほどもなかった。

そういう親達を見ての反応が、姉妹では大きく違ったのだった。

「あなたの話を聞いたときね、わたし、意外だったけど、いいなと思ったのよ。憎むよりずっといいなと思った。だって優しいもの」

智子が言った。

「そう」

光子は答える。

智子の言いたいことが充分に理解できたかどうかは分からない。けれど智子が自分の何か芯にあるものを認めてくれたようで、嬉しかった。

光子には子供のころから人を憎んだ記憶があまりない。かっとなって怒ったり、言うべきでないことを口走ったりすることはあった。けれどその怒りは根深いものではなく、一度吐きだしてしまえばすぐに消えた。たとえ吐きだせないときでも、相手に優しくされたりすると、たちまち消えてしまう。

若いころはそんな自分の性格を情けないと思ったこともある。が、今は笑って認めることができる。案外楽な性格だと思ったりもする。

大人になってから智子と一度大きな喧嘩をしたときも、光子自身には智子を憎んだ記憶がなかった。

智子は子供のころから歌がうまかっただけでなく、走るのも速かった。学校ではいつもリレーの選手に選ばれていた。光子も速かったけれど、選手になるほどではなかった。智子は勉強もよくできた。光子も勉強はできた。しかし智子ほど抜群ではなかった。

智子は学校の中で何かと目立つ存在であり、光子は入ったときから智子の妹という位置づけをされたのだった。教師達は姉妹を比較したりはしなかった。しかし光子は教師達が智子を褒めるのを聞くだけで、何となくもやもやとした気持になった。

姉妹は戦後、学制が変わったあとに高校を卒業した。多くの女子大学ができ、男子しか入れなかった大学に、女子も入れるようになった。

姉妹の父親は軍を相手の商売で戦中を生きぬき、戦後もいち早く息を吹きかえした。私生活では明らかな男尊女卑の生きかたをしていたにもかかわらず、理念だけは新しいものが好きだった。これからは女の子にも教育が必要だと迷いなく言った。そして姉妹にも兄達と同じように、大学へ進むよう背中を押したのだった。

智子は親の望む国立大学へ入った。光子は私立の大学に進んだ。光子の進んだ大学も、広く名の知られた伝統ある大学だった。親達は光子の合格を喜んでくれたが、光子自身は智子の大学と比較し、手放しで喜ぶことができなかった。

智子は大学を卒業したあと大学院に進み、学者の道を歩きはじめた。光子が大学に入ったのはそのころのことだった。光子はお洒落をし、派手な化粧をして大学生活を楽しんだ。そんな光子を、親戚や近所の人々が、綺麗になった、女らしくなったと褒めてくれた。

光子は有頂天になった。その褒め言葉を、いちいち智子に報告した。中には智子と比較しての褒め言葉もあったが、そういうものは特に念入りに報告した。光子は長い間自分の中にくすぶっていた智子への対抗心を、ようやく解放させたのだった。そのことに、言いしれぬ喜びを感じていた。

智子はそんな光子の振舞を、あまり気に止めていないように見えた。少し不快そうな顔をすることはあっても、口に出して何か言うことはなかった。智子が何も言わなかったから、光子は智子がどう感じているのか分からなかった。分からぬながら、一矢報いたという手応えは確かに感じていた。その喜びに浸り、機会あるごとに報告するのをやめなかった。

そのころ智子は将来の仕事のことや恋愛の行きづまりで、苦しんでいた。しかしそのことを智子は誰にも話さなかった。家族は智子の心屈した様子に気がついてはいたが、その理由は分からなかった。

光子が智子に対して挑戦的な態度を取りつづけたのは、そういう時期でもあった。光子には智子の心弱りに乗じたつもりはなかった。ただいい気になって、気持のままに振舞っただけだ。

しかし智子のほうはそうは受けとらなかった。光子の行為をすべて故意のものと解釈した。そして怒った。滅多に怒らぬ智子がいったん怒ると、激しいものになった。

それでも智子は自分の気持を口に出すことはなかった。ただ光子に向ける視線が鋭くなった。冷淡になった。光子に対して最小限の口しかきかなくなった。

光子はそのことに気がついた途端、狼狽した。姉と喧嘩する覚悟などは、少しもなかった。光子は憑きものが落ちたように、姉への対抗心をなくした。何とか姉の気持をほぐそうと心をくだいた。映画やコンサートに誘ったり、相談を持ちかけたりした。

しかし一度怒った智子は頑なだった。光子が話しかければふつうに返事はした。が、心の中では決して許していないのが見てとれた。何をしても許そうとしない智子の態度に、光子は焦れた。その焦燥感が少しずつ膨らんでいき、ある日とうとう爆発した。

智子に向かって、

「何よ、学者学者って、大層に。結局、他人の書いたものを、ああでもないこうでもないって、ほじくってるだけじゃない」

と言ってしまったのだ。

智子がもっとも大切にしているものをけなした。智子はイギリスの近代文学を研究していた。

それに対して智子は無表情のまま、

「そう。でもおさんどんよりはましじゃない」

と答えた。

おさんどんというのは、光子に持ちあがっている縁談のことを指していた。光子には大学を卒業すると同時に結婚するという話が進んでいた。その結婚にはもちろん仕事を持つことは想定されていなかった。

こうして姉妹は互いの生きかたを否定し、傷つけあった。二人の間の感情はこじれた。そのこじれは、結局十年以上も続いたのだった。

光子のほうでは口論のあと、すぐに自分の発した言葉を後悔していた。智子のやっていることを侮辱しようなどという気持はなかった。ただかっとして、深くも思っていない言葉を口にしただけだった。

光子は智子との関係を何とか修復したいと思った。姉の冷たい反応にもかかわらず、自分のほうから接触を続けた。十年の間には智子も結婚し、子供も生まれていた。その子供達を、光子は大変可愛がった。

意図してのことではなかった。光子は元々肉親への愛情が強かった。姪達のふとした仕種や表情の中に、自分の両親の面影を見たりすると、それだけでただもう嬉しいのだった。

そんな光子に対して、智子は自分の気持を語ることはなかった。しかし光子の振舞を無視していたわけでもなかった。じっと観察し、光子という人間を少しずつ理解していくようだった。自分と光子の性格の違いを認め、性格が違えば行為の持つ意味も違うということを、納得するようだった。

納得すれば智子は理性的だった。光子の振舞を受けいれるだけでなく、妹としての気持の揺れに気がつかなかった自分を、省みるようでもあった。光子は智子の言葉の端々や振舞から、そういうことを掬みとった。

いつのころからか、智子は光子に対して優しくなった。それは光子が考える優しさとは少し違っていた。包みこむようでもなかったし、簡単に何かを許すというのでもなかった。ただ大変公平だった。何事につけても利己的でない配慮をしてくれた。多分そういうものも優しさの一種なのだろう、と光子は思うようになった。

光子はもうずっと以前から、姉の学者としての仕事を羨むことはなくなっていた。姉の結婚と自分の結婚を比べたりもしなかった。子供達のでき具合を比較したりもしなかった。

光子は幸せな結婚をしたし、箱入り奥様と呼ばれるほど夫に大切にされた。健康な子供達にも恵まれた。それで充分だった。光子はいつの間にか、自分のありのままの姿を受けいれられるようになっていた。

あなたこのごろいい顔になったわね、という姉の言葉は、そんな自分に対する褒め言葉なのではないか、と光子は思うことにした。

外から職人達の声が聞こえてきた。昼休みから帰ってきたようだ。

食卓の上にはまだ天麩羅がたくさん残っている。いくら食がいいとは言え、八十三歳と七十九歳の二人だ。食べる量は限られている。

「あしたはこれで天丼を作りましょう」

と智子が言った。

「そうね」

光子は答えて立ちあがり、食卓の上を片づけはじめた。

智子も自分の食器を台所まで運ぶ。その間に光子はてきぱきと残り物を密封容器に入れ、冷蔵庫にしまった。汚れた食器を食洗機に入れる。光子は長年専業主婦として暮らしてきた。老いたとは言え、家事の手際は今も大変いいのだった。

智子がお茶を淹れた。昼食後に濃いお茶をたっぷり飲むのも、二人の習慣だった。外食をしたときも、急いで家に帰り、必ずお茶を淹れる。

二人ともお茶の味にはうるさかった。父親は紅茶は無論のこと、お茶の味にもこだわりがあった。家にはいつも決まった産地の決まった銘柄のものが置かれていた。姉妹は子供のころから、そういうものを飲んで育った。

「わたしはね、このごろお母さんが本当に可哀想だったなって思うことがあるのよ」

お気に入りの湯呑を両手に挟みながら、智子が言った。

「ええ、確かにそうね。でも昔の女の人って、みんなそんなものじゃなかったかしら。男の人の女遊びには世間も寛容だったし」

光子が応じる。

光子は自分の育った家の空気を悲しいとは思ったけれど、母親をそれほど可哀想と思った憶えはなかった。父に可愛がられて、父に対する親愛の情が強かったからかもしれない。

子供のころ父は外国に行くたびに、光子に人形を買ってきてくれた。光子が喜ぶ顔を、父は目を細めて眺めていた。智子には人形を買ってこなかった。差別してのことではなかった。智子が人形を貰っても喜ばなかったからだ。それに父親が光子だけに人形を買ってくるようになっても、気にする様子がなかったからだ。

光子はよく父親の膝に乗って甘えたが、智子は父親の躰に触れようともしなかった。今にして思えば、父親は智子のことを扱いにくい子供と思っていたに違いなかった。

光子のみんなそんなものじゃなかったかしらという言葉には直接答えず、智子は言った。

「わたしね、お母さんはなぜ立ちあがらないのか、とずっと思っていたのよ。せめてお父さんに気持をぶつけるとか、それができないなら何か自分の楽しみを見つけて打ちこむとか、そういうことをどうしてしないのかって。いつまでも蔭でめそめそ泣いたり、愚痴を零したりばっかりだったもの。でもね、今はそうするしかない人もいるんだなって思う。自分の姿が情けないと分かっていても、そうするしかない人がいるんだって」

そんな智子の言葉に、光子は答えた。

「わたしがお母さんをあまり可哀想と思わなかったのはね、もしかしたら自分の中に似たものがあるからかもしれないわ。似た者同士って、よく分かるからかえって反撥するようなところがあるじゃない」

「そう？　でもあなたはお母さんほど内向的じゃないと思うけど」

智子が言う。

「ええ、そうね。わたしはお父さんの明るさも受けついでいるし、お母さんとは違うわ。でもね、やっぱり似てるのよ」

光子が呟く。人と正面きって争うことができないところとかね、という言葉を光子は呑みこんだ。

三時になって、姉妹はまた職人達にお茶を出した。今度は緑茶と和菓子にした。職人達が休んでいる間、姉妹もまたお喋りに加わった。

お茶の時間が終わると、智子は廊下の椅子に掛けて、本を読みはじめた。光子は洗濯物を畳んでそれぞれの箪笥にしまう。

夕方職人達を見送ったあとで、姉妹は手入れの済んだ庭を見てまわった。

伸び放題だった楓や樫、木瓜などが綺麗に刈りこまれている。しかし実をつけている桃や李などはあまり手を加えられていなかった。それでも全体として非常にすっきりとした印象になった。

「自然に近くて、いい庭よねえ」

光子が言う。

「そうねえ」

と応じたあと、智子が八重桜の大木を見上げながら言った。

「もしこの庭が気に入っているなら、わたしがいなくなっても、ここに住むといいわ」

光子はたじろいだ。

「そんなこと言わないで」

そう答えるのが精一杯だった。

姉と過ごす残り少ない時間を、光子は大切に思っていた。

二人は庭を歩きながら、ところどころに落ちている小枝を拾った。職人達が後始末を怠ったわけではない。枯葉を掃かずに残してもらうから、どうしても小枝の拾いのこしが出るのだった。

悪夢

五月半ばの晴れた朝だった。暑くもなく寒くもなく、ほどよい気温だ。開けた窓から居間に入ってくる風は爽やかだった。レースのカーテン越しに見える庭には、まだ初々しさを残した緑がある。それを眺める自分の気分が、いつもより明るいような気がした。

天気は気分を左右する、と泰三は思う。昔はそんなことなど考えもしなかった。毎日仕事と家族に関する何やかやで忙しかった。ゆっくりしたいと思い思いしたが、今思えばあれは幸せな日々だったのだ。差しせまってやることもなく、自分の気分のありようをつらつら考えるなど、あまりいいこととも思われない。

泰三は三年まえに、六十五歳で職を退いた。しばらくの間は趣味や旅行を楽しんだ。しかしいつごろからか、そういうことを楽しいと思わなくなった。殊にこの一年は日々の暮らしに張りあいを感じられない。これといった理由もないのに気分が沈む。ふと気がつくと気分が沈んでいるから、自分ではコントロールのしようもない。楽しくもないのに、このまま生きていても仕方がないのではないか、と思うことさえある。そしてそんな自分が恐ろしくなる。

とはいえ、そうした思いが常にあるというわけでもない。何かほかのことに気を取られれば、いつの間にか忘れている。それでも楽しまぬ日々を過ごすのは辛く、自分の気分を点検する癖がついた。

曇っているときよりは、晴れているときのほうが気分の沈みが小さい。秋冬よりは春夏のほうが気分が明るむ。必ずというわけではない。けれどそういう傾向はあると思うようになった。


泰三は妻の草子と二人暮らしである。息子が二人いるが、二人とも独立して家を出た。

泰三が楽しまぬ日々を送っているのに対して、二歳年下の草子は実に元気である。家の中にじっとしているということは、ほとんどない。近くの公民館でヨガを習っている。水彩画のサークルにも入っている。卓球もやればコーラスもやる。地域で高齢者に出す弁当作りのボランティアもしている。楽しそうだ。

浮かぬ顔の泰三が目障りなのか、時折苛立たしげな目を向けてくる。

「家の中に籠もってるのがよくないんじゃないの。何かやれば？」

素気なく言う。

「英会話をやっている」

泰三が反論する。

「それだけじゃ足りないわよ。週に一回じゃ」

「書道もやっている」

「それだって週に一回でしょ。あとの五日は籠もりきりじゃない。それにね、わたしに言わせれば英会話も書道も辛気臭いのよ。何かこうパーッとすることはできないの」

泰三はむっとする。

「英会話のどこが辛気臭いんだ」

言いかえす。すると、

「だっていい歳をした大人が、若い外国人相手に一所懸命たどたどしい言葉を喋るんでしょ。それって端から見たら滑稽よね。辛気臭いって言うより滑稽」

こんな答が返ってくる。

草子は口が達者である。大して教育を受けていないし、本も読まない。さしたる知識はない。が、そういうことと口が達者であることとは関係がない。口争いになると大抵の場合、泰三は言いまかされる。

このときも泰三は反論の言葉に休して、黙りこんだ。怒ったわけでもない。心のどこかで、そうか端から見たら滑稽なのか、なるほどなと思っていた。

　泰三はただ感情的に腹を立てるということができない。相手の言うことが当を得ていると思うと、たとえ不快なことであっても、妙に感心してしまう。これでは口論に勝てるはずがない。口惜しくなくはないが、仕方がない。

　一方草子のほうはどうかというと、鼻歌を歌っていた。嫌にリズム感のある鼻歌だ。黙りこんだ夫の胸中を察する気配などは、さらさらなかった。


　その日の午後、泰三は目医者に行った。街中にある小綺麗な医院だった。十年あまりまえに白内障と診断され、以来二ヶ月に一度通っている。症状に変化はなく、毎回同じ薬を貰って帰ってくる。

　待合室には七、八人の患者がいた。泰三は空いている席を見つけ、腰を下ろした。しばらくすると、診察室から感情的に叫ぶ声が聞こえてきた。医師の声だった。医師は小柄な中年男性だ。

「あのね、前回薬は二ヶ月分出したでしょ。まだ一ト月しか経ってないの。そんなにしょっちゅう来たからって、病気が早く治るわけじゃないのよ。それにね、あなたの場合、診療費のほとんどが税金から出てるのよ。これって税金の無駄遣いでしょ。今回は仕方がないから一ト月分だけ薬を出しておくから。あと二ヶ月は来ないでね」

端で聞いているのも辛くなるような物言いだった。

相手の声は聞こえない。しばらくして診療室から出てきたのは、八十歳過ぎと思われる老夫婦だった。二人とも小柄で背を丸め、支えあうようにしてよたよたと歩いている。どちらが患者なのかは分からない。

二人は医師に怒鳴られた意味もよく分からないのか、あまり応えたような様子はなかった。妻のほうがより老耄の度が深いのか、そのままふらふらと出口のほうへ行こうとする。

夫が妻を止めて、

「お金を払わないかんやろ」

と関西弁で言った。

二人は待合室の奥にある長椅子に坐った。顔を寄せあうようにして何やら話をしている。さして広くもない待合室だったから、自然に声が聞こえてきた。

「きょうは薬呑んだかいな」

妻が訊く。

「さっき呑んだだん違うか」

夫が答える。

この調子ではどちらも薬の管理はおぼつかないに違いない。助けてくれる親族はいないのだろうか。泰三は見ているだけで気が滅入ってきた。老夫婦の姿は他人事ではない。いくら診療の迷惑になるとはいえ、先ほどの医者の声が悲しく耳に残っていた。

間もなく看護師に名を呼ばれ、泰三は診療室に入った。医師は愛想よく、

「はい、こんにちは」

と言った。顔にも声にも老夫婦を怒鳴りつけた痕跡など微塵も残していない。それがかえって不気味だった。

「はい、ここに顎を乗せて。はい、正面を見て。右見て左見て。はい、変わりありませんね。じゃ、いつもの薬を出しておきます。また二ヶ月後に来てください」

泰三の診察は二分で終わった。

「ありがとうございました」

泰三が立ちあがって一礼したとき、医師はもうカルテを覗きこんでいて、顔を上げなかった。

泰三は薬局で薬を貰い、近くのショッピングセンターに向かった。そこに車を止めてある。ショッピングセンターの中で買物をすれば、駐車料はかからない。

ショッピングセンターの中ほどにある広場に、明るい光が差していた。その光が思いのほか

強く、朝に比べると気温もかなり高くなっているようだった。泰三は長袖のカッターシャツを着ていた。首周りが汗ばんでいる。

広場の真中には噴水があり、周囲に長椅子がいくつも置かれている。そこにたった一人だけ初老の男性が坐っていた。彼はYシャツの上にレインコートまで着込み、じっとうなだれている。ほとんど動かない。全身から寂寥感がにじみでていた。

泰三の中で彼に呼応する何かが動いた。けれど慌てて彼から目を逸らし、足早に通りすぎた。自分の中にこれ以上陰々とした感情を募らせたくなかった。

ショッピングセンターの中には婦人服店やインテリアの店、肉屋、魚屋などが入っている。いずれも泰三にはあまり縁のない店だった。日常の買物はほぼ草子に任せている。郵便局や銀行なども入っていて、そこで用を足せばスタンプを押してもらえる。が、きょうは用事がない。

泰三はショッピングセンターの奥にあるドラッグストアに向かった。困ったときはそこで何かを買うことにしていた。あれこれ迷っているうちに、酒類売場に行きついた。棚にずらりと並ぶウィスキーやワインが目に入った。そのとたん泰三の気持がすっとほぐれた。いつもは街中の大きな酒屋で酒類を買う。酒だけは自分で買う。

よく見ると棚の一部にスコッチが何種類か置かれている。泰三はカティサークを手に取った。今は国産ウィスキーよりも安いが、泰三の若いころは高かった。そう簡単には買うことができなかった。懐しくなってそれを買うことにした。ついでにフランスのワインも買う。ウィスキーとワインを手に店を出ると、気分が大分晴れやかになっていた。

夕方になって草子が帰ってきた。きょうはヨガの稽古があったらしい。背中に丸めたマットを斜めに背負っている。草子が背負うとそれはマットではなく、刀か何かのように見えた。手にはバッグのほかにスーパーの袋を下げている。ヨガの帰りに買物をしてきたらしい。

玄関に出迎えた泰三に向かって、

「きょうは海老フライよ」

と機嫌よく言った。

「そうか。それじゃきょうは白ワインにするかな」

泰三が答える。少し嬉しい。

その弾みが声に出たのか、台所に向かう草子が、

「男の人って、海老フライを御馳走と思うのよね」

と訳知り顔に言った。

「おれがそう思うだけだ。別に男がみんな海老フライを御馳走と思うわけじゃない」

泰三が応じる。

「あら、そんなことないわよ。美子さんの御主人だって、海老フライを御馳走と思うって言ってたわよ」

美子さんというのは、近所に住む草子の友達だ。

「それでもたった二人だ」

「あなたって、本当に屁理屈屋よねえ」

草子が腹立たしげに言う。

「屁理屈じゃない。論理だ」

泰三が応じると、草子は台所の調理台の上に、どんと荷物を置いた。

泰三は本当は海老フライのことなど、どうでもいい。不愉快なのは草子が些細な根拠を元に、何事であれ男がどうの女がどうのと結論づけることだ。これまで何度もおかしいと言ってきたが、一向に改める気配がない。

草子の言うことを聞いていると、この家には泰三及び草子という個人ではなく、男A及び女Bが暮らしているのか、と思うことがある。そう言いたくなるほど、草子は自分を語るとき、わたしはねと言わずに、女はねという言い方をする。もしかしたら根本的に自分というものがないのだろうか。それとも自分の発言に責任を取りたくないのだろうか。その割には自己主張が強い。

泰三は自分を男一般という捉え方をしたことがない。おれはおれだと思っている。子供のころから、自分が男という属性に閉じこめられることに、違和感を覚えてきた。男は強くなければならない。男は闘わなければならない。男は泣いてはいけない。男はうじうじしてはいけない。そういう言葉が嫌いだった。

自分は強くないと泰三は思っている。他人と正面切って争うのが苦手だ。子供のころ、苛められてはよくめそめそと泣いていた。やり返すことは決してできなかった。何かで失敗すれば、くよくよと長い間悔んでいる。

そういう自分は男ではないのか、と思ってきた。男でないなら一体何なのだと思う。その感覚は肉体的なこととは関係がない。肉体的に男であることに、泰三は何の違和感も感じていない。幼稚園のころから、好きになるのはいつも女の子だった。

そんなこともあり、泰三は子供のころから、男がどうの女がどうのという言い方が嫌いだった。今では男女の差などより個人差のほうが、ずっと大きいと思っている。だから草子の物言いが余計に腹立たしく感じられるのかもしれない。

草子が台所に立って夕食の仕度を始めた。泰三がさしあたってすることもなくうろうろしていると、

「散歩にでも行ってきたら」

と素気なく言われた。

泰三は、

「うむ」

と口の中で答えて玄関に向かった。

このところ少し血圧が高い。近くの公園を歩くことを日課にしている。が、何かとさぼりがちだ。風が強い、雨が降りそうだ、疲れている、言訳はいくらでもある。健康のためにただ黙々と歩くのはおもしろくない。

外に出ると昼間の暑さが大分和らいでいた。微かに吹く風が肌に心地よかった。泰三は公園の遊歩道に続く階段を降りた。遊歩道は公園の内側を一周する造りになっている。泰三はいつものように反時計回りに歩きはじめた。平日なのに遊歩道を歩いたり走ったりしている人の数は多い。若い人の姿も少なくなかった。

大抵の人は泰三と同じ方向を向いて動いている。その人々と顔が合うことはない。しかし中に少数ながら時計回りに動く人がいる。彼らとは嫌でも顔が合う。知らぬ人なら問題はない。けれど相手が顔見知りであったりするとやっかいだ。挨拶をしないわけにはいかない。しかもお互いに何周かするとなると、何回も顔を合わせることになる。実に困る。

歩いているとき、泰三は何かしら考えている。大して深遠なことは考えていない。それでもともかく何かは考えている。そんなとき現実に引きもどされて、挨拶すべきかどうか迷わなければならないのは辛い。とはいえ、もしも全員が同じ方向を向いて黙々と動くとしたら、それもまた不気味であるに違いない。

遊歩道を歩きはじめてしばらくすると、遠くから男性の歌声が聞こえてきた。中高年男性の声だ。公園の中ほどにある池の辺りから聞こえてくる。歌っているのは日本の抒情歌だった。深くていい声だ。が、よく聞いていると、ときどき微妙に音を外している。残念なことだった。

公園を歩いているといろいろな人に出会う。先日も少し驚くことがあった。その人も中高年の男性だった。彼は泰三のまえをふつうの速度で歩いていた。しかし突然足を止めると、すっと腕を動かした。片腕を丸め、もう一方の腕は高く掲げた。と同時に何かのステップを踏みはじめた。泰三は驚いて立ちどまった。驚きながらあれはワルツのステップだと思った。

きっとソーシャルダンスでもやっている人なのだろう。歩きながら頭の中でステップをおさらいしているうちに、つい躰が動いてしまったのかもしれない。その人は幻の女性を腕に抱いたまま、いつまでもステップを踏んでいた。

泰三は仕方なく追いこすことにした。こちらのほうがきまりが悪くて、相手の顔を見ることはできなかった。

ともあれきょうはさしたることもなく、泰三は遊歩道を二周して家に帰った。帰ると夕食の仕度ができていた。食卓の上には嫌がらせのように、海老フライが山盛りの皿が乗っていた。草子の機嫌はまだ直っていないようだった。


次の日、泰三は東京に出た。国立劇場で伝統芸能の会があった。三曲、長唄、日本舞踊などが一度に観られる会だった。大学時代の友人にそういうものを好む者がいて誘われた。泰三も嫌いではないから誘いに応じた。

長唄を聴いているときだった。気がつくと泰三はうつむいて居眠りしていた。はっとして顔を上げると、演奏している人の顔が二重に見えた。慌てて二、三度まばたきした。けれど二重に見えるのは治らなかった。今度は少し強めに四、五回まばたきを繰りかえした。それでようやくふつうに見えるようになった。

そのあと同じようなことが起こることはなかった。泰三は舞台に集中し、すぐにそのことを忘れてしまった。

会が終わったあと、友人とは東京駅で食事をして別れた。食事中も目のことを思いだすことはなかった。が、帰りの電車の中で時間潰しにプログラムを眺めていると、ふっと甦ってきた。同時に近所に住む知りあいの話も思いだした。彼はつい先日軽い脳梗塞を起こしていた。ものが二重に見えたことが、最初の徴候だったと話していた。もしかしたら自分に起こったことも同じことなのではないか。そんな不安が頭をかすめた。しかしその不安はさほど強いものではなく、プログラムを広げたまま、泰三はいつの間にか眠っていた。

目を覚まして窓の外を見ると、電車はまだ舞浜の辺りを走っていた。泰三はプログラムを鞄にしまい、パズルの本を取りだした。パズルに没頭して時間の経つのを忘れた。最近は電車の中で本を読むと目が疲れる。パズルを解くぐらいがちょうどいいのだった。

帰宅して何日かは特別のこともなく過ぎた。先日の目のこともすっかり忘れていた。けれど、ある朝突然、朝食を摂っているときに思いだした。意識はしていなかったが、心のどこかでずっと不安に思っていたのかもしれない。

「この間東京に行ったとき、舞台のものが二重に見えた」

泰三は味噌汁を呑みながら言った。

「どういうこと」

草子が驚いた様子もなく訊く。

泰三は汁椀を置いて、そのときのことを説明した。

「それで、そのあとも同じようなことがあるの」

草子の口調はいたって冷静である。

「いや、ない」

「何だ。それじゃ、大丈夫よ」

あっさり言う。

草子は話をしている間も、御飯を食べる手を休めなかった。まるで他人事だ。いや、確かに他人事には違いないが。

「どうしてそんなことが言える。突然ものが二重に見えたんだぞ。何でもないはずがないだろう」

泰三は少しむっとして言う。

「でも一瞬だけなんでしょ。何か重大なことがあれば、今ごろ倒れてるわよ」

大変気軽な言い方だ。

泰三は草子の言葉を聞いているうちに、余計心配になってきた。

「きょう脳外科に行ってくる」

そう言うと、

「まったく大袈裟なんだから。あなたって本当に心配症よね」

呆れたような口調である。

「用心深いだけだ」

言いかえす。

「あら、そうかしら。男のわりに気が小さいんじゃない」

またしても男を持ちだす。

「男とか女とか、それしか判断基準はないのか」

泰三も強い口調になる。

そして二人はいつものような口論になった。

最後には、

「男のくせにいつまでも四の五のうるさいのよ」

という草子の切札が出た。

泰三はもうそれ以上言いかえすのをやめた。心の中で草子の頭を思いきり殴りつけた。

泰三は自分が心配症であることは自覚している。が、それは気が小さいこととは違うと思っている。仕事の場で、泰三は気が小さいなどとは決して言えぬ資質を発揮して生きてきた。決断すべきときは迷わずに決断した。そしてその結果から逃げなかった。そうでなければいくら中堅企業とはいえ、取締役になることはできなかったに違いない。

草子があまり考えずに言葉を発する人柄であることは分かっていた。しかしもっとも近しい人に理解されぬということは、寂しいことであった。

朝食のあと、泰三はお茶を飲みながら新聞を読んだ。相変わらず世界の状況は混迷を極めている。何度も溜息を吐きながら読みすすむ。

新聞を読みおわって時計を見ると九時になっていた。泰三はすぐに新聞を畳み、二階に上がった。外出着に着替える。草子には告げずに外に出た。街外れにある外科及び脳外科病院に向かう。病院までは車で六、七分の距離だった。昔はよく通った記憶がある。が、ここ十年ほどは行っていない。病院の様子は分からなかった。

待合室は記憶にあるよりずっと広かった。内装も新しくなっていて、全体に明るい。ずらりと並んだ長椅子は半分ほどしか埋まっていなかった。受付を済ませて坐っていると、すぐに看護師が聞きとりにきた。医師の診察のまえに、一通りの問診をするらしい。

泰三が症状を説明すると、うなずきながら聞いていた看護師が、

「きょうはここまでどうやっていらっしゃいましたか」

と訊く。

「車で来ました」

泰三は質問の意図が分からぬまま答える。

「誰かに乗せてきてもらったんですか」

「いいえ、自分で運転してきました」

看護師は大きくうなずいて持参の紙に何か書きこんだ。

看護師が去って間もなく、泰三は名前を呼ばれて診察室に入った。医師は五十歳前後の男性だった。泰三の顔や目を診たあと、彼が、

「御自分で運転してこられたんですよね」

と、確認するように言った。

「はい」

答えると、

「何か異常があれば、それは難しいと思います。今診た限りでは、特に異常は見られません。でも念のためにＭＲＩを撮りましょう」

と言う。

泰三は緊張した。まだＭＲＩというものを撮ったことはない。

「うちのＭＲＩは少し古くて、時間がかかるんですよ。新しい機械だと二、三十分で撮れるものもあるんですが、うちのは四十分ぐらいかかります。音のほうも大きいかもしれません。でもうちのような小さい病院だと、そうそう買いかえるわけにもいかなくて」

医師がそんなことを言う。

泰三は少しがっかりした。ＭＲＩを撮った経験はないが、それが非常に辛い検査だという知識はあった。古い機械だとその辛さが増すのだろうと思うと、気持がなえた。けれど医師本人には好感を抱いた。高圧的な雰囲気はなかったし、言葉遣いも丁寧だった。機械についての説明にも誠実さが感じられた。この人の診断なら信頼できると泰三は思った。

検査技師が来て、ＭＲＩのある部屋に案内された。時計など金属のものを外し、検査着に着替えた。

「かなり大きな音がしますが、御辛抱願います。どうしても我慢できないときは、手を上げて合図してください。わたしはあそこで見ていますから」

技師はガラスで仕切られた小部屋を指差した。

「身動きはしないでください。動くと撮りなおしになって、余計に時間がかかります」

そんなことを言って、彼は部屋を出ていった。

泰三は覚悟した。こうなったら俎の鯉だ。じたばたしても仕方がない。

そう覚悟はしたものの、狭い空間に響く耳障りな音は想像以上のものだった。それが四十分以上も続く。拷問に近い。検査が終わったとき、泰三は心底ほっとした。同時に、技師を殴りつけてやりたいような気持になった。

しばらく待たされたあと、再度診察室に呼ばれた。医師は何枚もの画像を示しながら、

「脳に異常は見られませんね。どの画像も綺麗です」

と言った。

泰三は安心した。

「しかし症状はあったわけですから、眼科に行ってください。できるだけ早く行ってください」

とつけくわえた。

「あしたにでも行ってみます」

そう答えて泰三は診察室を出た。

一度に気分が晴れたような気がした。眼科に行けと言われたことが多少引っかかった。けれど朝とは比べものにならないほど晴々とした気分だった。

昼食のときに検査の結果を伝えると、草子は、

「ほらね、やっぱりそうでしょ」

と得意そうに言った。

何がやっぱりなのか分からない。検査の結果、脳に異常がないことが分かった。が、それと草子の素人判断とは何の関係もない。しかし言いかえせばまた口論になる。泰三は草子の得意

顔を無視することにした。

次の日、泰三は車で隣町の眼科医院に行った。隣町までは結構時間がかかる。途中に曲がるのが難しい三叉路もある。それにその医院にはもう二十年以上も行っていない。院長が代替りしたという噂だけは聞いていた。それでもいつも通っている眼科には行きたくなかった。

目差す医院は昔と同じ場所にあった。けれど建物はすっかり新しくなっている。単科の医院としてはかなり大きかった。中に入ると受付、待合室、検査室など、どの部屋もふつうの医院の二倍ほどの広さがある。診察室が二つあるところを見ると、医師も二人いるらしかった。

かなりの広さがあるのに、待合室は満員だった。泰三は仕方なく部屋の隅に立って順番を待った。しばらくして空席ができたので、腰を下ろした。が、そのあとで随分待たされることになった。

一時間近く経ってやっと名前を呼ばれ、視力検査をしたあと診察室に入る。医師は四十代と思われる男性だった。部屋の入口にかかっていた名札からすると、先代の息子のようだった。

「で、きょうはどうしました」

医師は気軽な調子で尋ねた。

泰三は先日起こったことを説明する。脳の検査で異常がなかったことも話す。

医師はうなずいて泰三の目を診た。そして、

「白内障のせいですよ」

とあっさり言った。

「白内障でそんなことが起こるんですか」

泰三は思わず訊きかえす。

白内障が進めばものが見えにくくなり、やがて手術が必要になる。その程度の知識はあった。しかしありふれた病気と思っていたから、それ以上の知識を得ようともしなかった。

「ええ、いろんなことが起こりますよ。ものが二重に見える。暗いと見えにくい。視力自体が落ちる」

医師は早口で説明した。別に急いでいるわけでもなさそうだった。それが癖なのだろう。

「手術は必要でしょうか」

「さあ、何とも言えませんね。ちょっと見えにくいと手術をしたがる人もいるし、かなり進んでも手術は嫌だと言う人もいる。その人自身の判断です」

そんなことを言う。けれど口調に突きはなしたような感じはなかった。単にさばさばしているという印象だった。

泰三は、

「次の検査はいつごろ来たらいいでしょうか」

と尋ねた。

「検査は必要ありません。見えにくくなって、御自身が手術をしたいと思ったら来てください。手術自体はそんなに時間がかかりませんし、その日のうちに帰れますよ」

というのが返事だった。

意外に思いながら、

「それじゃ、薬だけ貰いにくればいいですか」

と訊くと、

「うちでは白内障の薬は出しません。あれは効果がないんですよ。ただの気安めです」

と言う。

泰三は狐につままれたような気分で部屋を出た。検査も薬も必要ないなら、これまで近くの眼科に通った十余年は、一体何だったのか。二人の医師のどちらが正しいのかを判断する知識は、泰三にはない。が、人間的に信頼できそうなのは、きょう診てもらった医師だった。当面きょうの医師の診断に従おうと決めて、泰三は医院を出た。

帰りの車を運転しながら、泰三は自分の気分がじわじわと明るくなっていくのを感じた。脳にも目にも急を要するような異常はなかった。

少し大袈裟な気はしたが、何ものかにまだ生きよと言われているようだった。悪夢から覚めたような気分だ。車窓から見える景色が妙に綺麗に見えた。来るときより色が鮮やかになったような気さえした。

どうやらおれは生きたがっているらしい、と泰三は思った。毎日楽しまず、鬱々とした気分で暮らしているのは事実だ。しかし病気かもしれぬと思えばうろたえて病院に駆けつける。異常がないと言われれば気持が明るくなる。

そうであるなら、鬱々とした日々もよしとして生きよ、ということなのだろうと泰三は思った。

完璧

「おい、弁当!」

夫の敬介が玄関で叫んでいる。

いつものようにぞんざいな口調だった。しかし声音は明るい。それもそのはずである。敬介は今から友人達とのゴルフに出かけようとしていた。

ゴルフは敬介の最大の趣味である。一年中欠かすことなく、月二回のペースで出かけていく。その合間にはたびたび近くの練習場へ打ちはなしに出かける。敬介のゴルフ仲間はいくらでもいる。かつての職場の同僚、高校時代の同級生、親類縁者。誘われればどこへでも出かけていく。

千葉に住んでいるのに、ゴルフのためならば北海道だろうと九州だろうと、厭うことはない。旅行も兼ねられるから、遠方への誘いはむしろ嬉しいことなのかもしれない。加えて敬介は無類の酒好きである。三百六十五日、呑まぬ日はない。しかも大量に呑む。旅先で地元の珍しい酒や焼酎を呑むのも、大きな楽しみのようだった。それに旅先ならば、呑みすぎを注意する家族もいない。

敬介は今年七十四歳になる。長年の不摂生にもかかわらず、さしたる躰の不調はないようだ。もしかしたら何かあるのかもしれないが、少なくとも口にはしない。冬子がいくら勧めても、健康診断にも行かない。

「検診なんか受けても受けなくても、人間、死ぬときは死ぬ」

というのが、敬介の答だった。

そのような訳で、敬介は表向きいたって健康であり、好き放題に暮らしている。

冬子はできあがった弁当を大判のハンカチで包み、玄関まで急いだ。

「遅い！」

敬介が言った。

少し不機嫌な声になっている。冬子はむっとして返事をしなかった。昔は夫に文句を言われれば、たとえそれがどんなに理不尽な内容であっても、すぐに謝ったものだ。けれどこのごろになって、やっと自分の気持を少し表に出すようになった。

今朝は五時に家を出る敬介のために、四時過ぎに起きて弁当を作った。その弁当は七時ごろに茨城県のゴルフ場に着く敬介が、朝食として食べるものだった。遊びに行く夫のために、四時起きで弁当を作った冬子に対して、敬介は一言も礼を言わない。それどころか大きな顔で、遅いなどと文句を言っている。敬介は冬子のどんな働きも心遣いも、当然と思っているらしかった。

若いころ冬子は夫と妻の関係は、どこもそんなものだろうと思っていた。さしたる不満も抱かなかった。が、敬介と冬子の関係には、そうした一般的なものの他に、別の要素もあるのだった。

敬介は東京の有名私立大学を出て、大手ガス会社で働いていた。背が高くて、なかなかの男前でもあった。一方冬子は地元の高校を出た、同じ会社の事務員だった。器量も十人並みだったし、特にスタイルがいいわけでもなかった。二人が結婚することになったとき、周囲の人々は一様に驚いたような顔をした。

その驚きの意味を、冬子はよく分かっていた。冬子自身にも敬介がなぜ自分を選んだのか、腑に落ちないところがあった。社内には同じ高卒でも冬子より綺麗な人がいっぱいいた。華やかで愛敬のある人もいた。そんな中で冬子は地味で目立たない存在だった。

周囲の反応を見るにつけ、冬子の中にはエリートの敬介に選んでもらったという思いが、膨らんでいった。自分が本当に敬介を好きかどうかなど、立ちどまって考える余裕はなかった。

周囲の物問いたげな顔に対して、敬介のほうは、

「人助けですよ、人助け」

などと冗談めかして答えていた。

敬介の言葉に冬子は無論傷ついた。しかし反撥心は起こらなかった。それどころかどんなことをしてもいい妻になろうと、固く決意したのだった。それ以外に自分を認めてもらう道はない、と思いこんでいた。振りかえれば、二人の関係は初めから対等ではなかったのだった。

結婚後の二人の家庭は円満そのものだった。揉め事はほとんどなかった。けれどそれは冬子が何かにつけて我慢することで、成りたっていたことだった。それでもごく稀に喧嘩になることもあった。敬介が冬子の実家を、あからさまに見下したりしたときだった。喧嘩をすると、敬介は決まって最後にこう言いはなつ。

「誰に食わせてもらってるんだ!」

それに対して冬子は反論の言葉を持たなかった。結婚と同時に仕事をやめて、専業主婦になっていた。当然自分の収入はない。それに自分が毎日やっている家事や育児が、金銭に換算すればかなりの額になるなどという発想もなかった。

多くの人が家事や育児は女が愛情からやるものと考えている時代だった。冬子自身も何の疑問もなくそう思っていた。子供達が小さいころは、眠る時間もちゃんと取れずにこまごまと動いていた。子供が少し大きくなっても、幼稚園、小学校、中学校と、それぞれに心身を尽くさ

なければならぬことは、なくならなかった。それでも、

「誰に食わせてもらってるんだ！」

と言われれば、黙ってうなだれるしかなかったのだった。心にあるのは、自分が大変無能で無価値な人間であるという思いだった。


敬介は出かけていった。一瞬の不機嫌など忘れたような、弾んだ顔をしていた。

外はまだ薄暗かった。駐車場のまえに立って夫を見送った冬子は、その場に立ったまま周囲を見回した。門や塀のまえに落葉などありはしないかと点検した。

四月なのになぜか枯葉が散っている。冬子はすぐに駐車場の隅に置いてある帚を持ちだし、掃きはじめた。薄暗くてよく見えない。じっと目を凝らす。明るくなるまで待って掃けばいいという発想は、冬子にはなかった。そんなことをして、近所の人にだらしのない主婦だと思われたら大変だ、という思いが先に立つ。

見える限りの葉っぱを掃いて、冬子は駐車場に戻った。駐車場にはもう一台の車が止まっている。長女夫婦のものだった。共働きの長女夫婦は、最初の子が生まれるときに、同居したいと言ってきた。

敬介は一も二もなく賛成した。が、冬子にはためらいがあった。先行き自分にかかってくる

負担が目に見えていた。しかし敬介も長女夫婦も望んでいることに、異を唱える強さは、冬子にはなかった。

同居するに当たって、家を大幅に改築した。冬子夫婦の居室は一階に作り、二階はすべて娘家族用にした。トイレは一階と二階にある。玄関、居間兼食堂、台所、風呂は一階にあって、共用だった。けれど娘はほとんど料理をしない。台所は実質的に今も冬子専用のスペースだった。

結婚以来、誰に食わせてもらってるんだ、と言われつづけたから、冬子は娘達にずっと働くことを勧めて育てた。働きつづけるにはそれなりの職に就く必要がある。そのためにはある程度の学歴が必要だった。長女は地元の国立大学を出て、県庁に勤めた。次女は東京の私立大学を出て、銀行員になった。三女は長女と同じ大学を出て、教師になっている。女であることを何かと見下す敬介も、娘達に大学教育を受けさせることには反対しなかった。

敬介の頭の中のことは冬子には分からない。が、同じ女でも妻である冬子や世間一般の女性と、自分の娘達とでは違うようだった。冬子や女性一般はただ見下すだけだが、娘達のことはそれなりに評価している。それどころか誇りにしている節さえある。そんな矛盾を、冬子は突く気はない。突いてもどうせ怒鳴られるだけだ。

長女は職場の同僚と結婚した。長女はそのまま県庁で働いているが、娘婿は東京にある県の機関へ出向になった。婿は片道一時間半をかけて、都心まで通勤している。

家の中に戻った冬子は、朝食の仕度を始めた。二階から物音は聞こえてこない。敬介の叫ぶ声やドアの開閉する音にも、誰も目を覚まさなかったようだ。平日だから娘夫婦は出勤する。孫達は学校へ行く。婿は毎朝六時に起き、慌しく着替えや食事を済ませ、七時には家を出る。娘はもっと遅く起きても間に合うが、婿につきあって同じ時間に起きる。孫達は六時半に起き、七時二十分に家を出る。

ふだんお米はまえの晩に研ぎ、五時に炊飯器のスイッチが入るように設定してある。が、きょうは敬介が早く出かけるので、三時半に設定してあった。炊飯器の音がしないので、台所は静かだった。

冬子は味噌汁を作りはじめた。味噌汁の出汁は煮干しでとる。出汁がよく出るように、まえの晩から水に浸けておく。具は少なくとも三種類は入れる。朝食に不足しがちな野菜をたっぷり入れる。ごたごたして田舎臭いと言われても気にしない。

次に卵焼きを作る。少し甘めの卵焼きを、食べる人数と同じ数の卵を割って作る。毎朝作っているから、冬子の卵焼きの腕はちょっとしたものだった。外側はふっくらしていて、中はとろみを残している。それでも二センチの厚さに切っても崩れない。自慢の一品だった。

卵焼きのあと、一人当て二本のウィンナーソーセージをいためる。卵焼きとウィンナーを銘々の皿に盛って、キャベツの千切りを添える。

それから糠漬けを取りだして切る。胡瓜、人参、大根、キャベツなどが漬けてある。糠漬けも冬子の自慢の一つだった。結婚以来、同じ糠床を絶やさず保ってきた。糠漬けだけでなく、冬子は大概の漬物を自分で作る。梅干し、らっきょう、白菜、沢庵。どれも実家の母親がやっていたことだった。

食堂のテーブルの上にそれぞれの皿と箸を揃える。糠漬けは大皿に盛ってテーブルの真中に置いた。

娘夫婦が二階から降りてきた。婿はスーツ姿だったが、娘はまだパジャマを着ている。

婿が、

「おはようございます」

と機嫌よく挨拶した。

しかし娘はあくびまじりに、

「おはよう」

と無愛想に言っただけだった。

二人はそのまま自分達の席に着いた。冬子はあつあつの御飯と味噌汁をよそって二人に出す。婿は慌しく出かけるのだからそれでいい。しかし時間に余裕のある娘も、まったく手伝う素振りを見せなかった。御飯や味噌汁を母親によそってもらうのを、当たりまえと思っている。甘えているのか、娘時代の延長で気にもしていないのかよく分からない。いずれにしても、揉め事を避けるために、冬子は何も言わない。

二人が御飯を食べはじめた。

「きょうも遅いの？」

娘が訊いている。

「いや、きょうは定時に帰ってくる」

「そう。わたしは少し遅くなる。同じ部署に新人が二人入ってくるの。きょうはその歓迎会」

「ふーん。そうか」

婿はあっさり応じ、特別な反応を見せない。娘のほうにも悪いわね、といったような様子は微塵もない。

それもそのはずである。娘の帰りが遅くなっても誰も困ることはない。夕食はいつものように冬子が作る。風呂も冬子が沸かす。もし親と同居していなかったら、そういうことを巡ってたちまち喧嘩になるはずだった。

共働きをする娘夫婦の関係は至極対等だった。同じ組織で働き、同じ賃金を得ている。当然と言えば当然のことだった。けれど、冬子には二人の関係が大変まぶしく見える。

まぶしくは見えるけれど、二人の生活のありようlater時にはとまどいを覚える。娘は男と同じように働き、同じような暮らし方をしている。家事は休みの日に自分達の居室を掃除するだけだ。育児にはもう少し時間をさき、学校関係の書類には必ず目を通す。が、次の日までに何かを揃えなければならぬときなどは、冬子の出番になる。

婿のほうは家事にも学校関係にも一切関わらない。ただ休みの日にときどき子供達の相手をする。息子二人を連れて近くの公園に行きサッカーや野球をする。土曜日に剣道教室に連れていったりもする。

婿よりさらに何もしないのが敬介だった。孫達の元気な姿を見て、満足そうに笑っているだけだ。そしてそれを当たりまえのことと思っている。冬子に頼まれて、たまに雨戸を閉めたりはする。しかし自分から進んで何かをするということはない。

婿は朝食を済ませ、歯を磨き、ばたばたと出かける仕度を始めた。娘はちらと時計を見て、子供達を起こしに行った。二階から二人を起こす大きな声が聞こえてくる。孫達はいくら寝ても寝足りないのか、毎朝怒鳴られないと起きない。もしかしたら夜遅くまでこっそりゲームでもしているのかもしれない。けれどそれは冬子の関知するところではなかった。

出勤する婿を、娘が玄関で見送っている。そのパジャマ姿を見るとき、冬子は無意識にかつての自分の姿と比べている。敬介が現役で働いているとき、冬子は一度もパジャマ姿で見送ったことはない。服をきちんと着るだけでなく、薄化粧もしていた。敬介の靴はいつもぴかぴかに磨いてあった。ハンカチにはぴしっとアイロンがかけてあった。けれどそんなこともすべて当たりまえと思うのか、敬介は一度も礼を言ったことがない。

婿を送りだしたあと、娘は、

「お母さん、遅くなってごめん。これ今月分」

と言って、封筒を差しだした。中には決まった額のお金が入っている。

冬子は、

「ありがとう」

と言って受けとった。

どこかで礼を言うべき筋のものではないような気もしている。が、そう言っておけば波風が立たないと思うから言う。

娘は毎月親子四人分の食費、光熱費、その他諸々の経費として、十五万円を渡してくれる。敬介からは生活費として十万円を貰う。両方合わせた額で、日々の暮らしに困ることはない。かと言って、余裕があるわけでもない。冠婚葬祭費もそこから出すように、敬介から言われている。毎月ではないにしても、敬介、冬子両方の親戚にからむ冠婚葬祭は結構ある。多少の余裕がある月でも、常にそのための備えをしておかなければならない。冬子の自由になるお金はあまりないのだった。

年金生活に入ったとき、冬子は敬介からこう言われた。

「年金はおれが長年働いたから貰えるものだ。給料と同じで基本的におれのものだ。生活費は出してやるが、旅行だの、サークルだの、遊ぶお金は自分で作れ」

生活費を除いたものは、敬介が全部自由に遣うということらしかった。

冬子は内心えっと思ったが、それに対してきちんと反論する言葉を持たなかった。胸の内にもやもや思いを抱えたまま、沈黙するしかなかった。自分が論理的に物事を考え、それを表明する訓練を受けていないことを、冬子は大変口惜しく思った。

冬子は仕方なく近くの小さな建設会社でパート勤めをすることにした。経理の仕事だった。かつて働いていた会社では、経理の仕事をしていた。その経験を買われて採用されたのだった。

週に五日、一日五時間の勤務だった。もっと長く働いてもよかったのだが、そうはできなかった。敬介がこれまで通り、家事はすべて冬子がやるべきものと考えているからだった。

外に出て働くのは楽しかった。いろいろな人と接して話をするだけで、新鮮な気分を味わえた。自分の働きでお金を得るのも、非常に嬉しかった。が、そのパート勤めも三年で終わりになった。長女が同居したいと言ってきたからだった。

三年間のパートで、冬子は二百万円ほどのお金を溜めた。旅行には年に一回しか行かなかったし、サークル活動などしている時間はなかった。お金は無理をしなくても、自然に溜まったのだった。

その二百万円は今も遣わずに取ってある。大袈裟に言うなら、それは今や冬子のお守りのようなものになっている。敬介の言動によって自分が無価値な人間のように感じたとき、通帳を取りだしてじっと眺める。そして、わたしだって世の中に出て自分の手でお金を得ることができる、と心の中で呟く。そうすると、心が少し慰められるのだった。


孫達が階下に降りてくると、たちまち部屋の中が騒々しくなった。

「おばあちゃん、早く御飯ちょうだい」

「あ、ソーセージ、二つともお兄ちゃんのほうが大きい」

「卵焼きはおまえのほうが大きいだろ。それであいこだろ」

いつもの喧嘩である。

「そのソーセージが嫌なら、おばあちゃんのと代えてあげる」

冬子が取りなす。

しかし、

「おばあちゃんのは嫌だ。お兄ちゃんのがいい」

弟はどこまでも兄と張りあう気である。ひとしきり争ったあと、孫達は気が済んだのか、黙って食べはじめた。二人ともすごい食欲である。山盛りの御飯をお代りする。

二人が食べおわるのを待って、冬子はコップに牛乳を注いでやる。和食に牛乳は合わないと思うが、育ちざかりの子に少しでも栄養を摂らせたかった。

牛乳を一息で飲みほすと、孫達は先を争って歯を磨き、トイレに行き、ランドセルを背負った。どちらが先に玄関を出るかでまた争いを繰りひろげ、ばたばたと出ていった。

叱っても効果がないので、冬子は好きにさせている。冬子と一緒に子供達を見送る娘は、もう外出着に着替えていた。しかし化粧はまだしていない。出勤まで少し間がある。化粧をしていなくても、娘はなかなかの美人だった。娘は敬介に似た。冬子は嬉しいような腹立たしいような気持である。

やれやれという思いで、冬子は台所に戻った。ようやく自分の食事の時間になった。味噌汁を温めなおす。味噌汁の具である豆腐も若布も玉ねぎも、もうぐたぐたになっている。卵焼きとソーセージもすっかり冷えていた。けれどいつものことだからさしてがっかりもしない。

テレビを観ながら、一人黙々と口を動かす。孫達の騒ぎのあとでは、一人になる時間が嬉しかった。自慢の糠漬けはきょうもおいしい。御飯をお代りしたかったが、思いとどまる。これ以上太っては困る。冬子は身長が百五十三センチなのに、体重は五十五キロある。肥満というほどではないが、少し太りぎみである。器量に自信がないのに、体型まで崩れては我ながら情けない。

少しまえに敬介が冬子の躰をじろりと眺めながら言った。

「そう言えば、こぶとりじいさんていう昔話があったなあ」

なぜか嬉しそうである。

が、冬子は少しもおもしろくない。いくら七十歳間近とはいえ、夫に容姿のことでからかわれたくはない。

一方敬介の体型はどうかと言うと、これが昔とあまり変わっていない。ゴルフを続けているせいか体質なのか、中年太りはしていない。顔には無論年齢相応の皺が刻まれている。しかしそれほど崩れた感じはない。日焼けしているせいか、老人というよりはむしろ、精悍な中年男のような印象を与える。

冬子は今も敬介と並んで歩くことに、少し抵抗がある。時折擦れちがう人に、えっという顔をされるからだ。意地でもこれ以上太るわけにはいかないのだった。

それにこのごろになってやっと納得できたことがある。敬介が冬子を結婚相手に選んだ理由だ。敬介はあらゆる点で自分が優位に立てる相手を選んだのだ。そしてえばっていたかったのだ。そう思うと、冬子の心の中に隙間風が吹く。

二階から娘が降りてきた。きちんと化粧をして、全身が働く人のモードになっている。玄関で見送る冬子に向かって、娘が、

「帰りは九時過ぎになると思うわ。子供達のこと、お願いします」

と言った。お願いしますという言葉のわりに口調は軽い。

娘は親と同居という環境に慣れて、冬子が子供達の世話をすることを、どこか当たりまえのように思っている。そんな考えがちらりと頭に浮かぶ。けれど次の瞬間、慌てて振りはらった。自分の中に不満が生まれるのが恐かった。自分さえ我慢すれば、家の中は円満にいく。それを壊したくはなかった。

冬子は食事の後片づけをし、コーヒーを淹れた。さして凝った淹れかたをするわけではない。レギュラーコーヒーをただふつうのコーヒーメーカーで淹れるだけだ。豆も予め挽いてあるものを遣う。が、このひとときが一日でもっとも心安まる時間だった。一人でゆっくりとコーヒーを飲みながら新聞を読む。

雑用に追われる毎日の中で、冬子はもう久しく本を読んでいない。若いころは本を読むのが好きだった。しかし、細切れの時間しか取れない暮らしの中で、いつか本を読む習慣をなくしてしまった。今では唯一読む活字が新聞だった。

新聞は一面からきちんと読む。政治面は結構真剣に読む。経済面はざっと目を通す。文芸欄は丁寧に読む。三面記事は熱心に読む。

ふだんの暮らしの中で、冬子は自分の住む街から出ることがほとんどない。しかも多くの時間を家の中で過ごしている。外の世界に開かれている窓は、新聞とテレビしかなかった。そして冬子はテレビより新聞のほうが、ずっと好きだった。自分の読みたい記事を選べるし、時間のかけ方も自分で加減できる。

コーヒーを飲みおわってしぶしぶ腰を上げる。新聞はまだ読みかけだったが、やらなければならないことがいっぱいある。

冬子夫婦は和室で布団を敷いて寝ている。まずその布団を干さなければならない。次は洗濯物を干す。せっかくの日光を無駄にするわけにはいかないのだった。

和室に畳んである敷布団は、湿気を吸って重くなっている。それを廊下まで運び、折りたたみ式布団干しに掛ける。重い布団を肩の高さまで持ちあげ、パイプに掛けるのが一仕事だった。敷布団を二枚干しおわると息が切れた。

洗濯物は二階のベランダに干す。洗濯機二回分の濡れた衣類は重い。それを入れた籠を持って階段を昇る。改築したときに、階段に手摺りをつけてもらった。それがなければ恐くて籠とともに階段など昇れない。

上の孫の部屋を通ってベランダに出る。孫達はそれぞれ自分の部屋を持っている。上の孫の部屋が一番階段に近いからそこを通る。ベランダで洗濯物を干すのは楽しい作業だった。家族六人分を一緒に洗うから、籠の中からはいろいろなものがばらばらに出てくる。

孫達のものは下着も靴下もみな可愛いくて、見ていると自然に顔がほころぶ。一つずつぽんぽんと叩いて皺を伸ばす。娘や自分のものはレースなどがついているから、丁寧に扱う。夫のものは何とも思わずにただ干す。婿のものには今も抵抗を覚える。同居を始めたころは、婿の下着だけ娘に洗ってもらっていた。夫以外の男性の下着に触れるのは嫌だった。けれどいつまでも他人扱いするのも憚られて、いつの間にか一緒に洗うようになった。

ベランダが干された洗濯物でいっぱいになった。整然と並んだ洗濯物が風に揺れる様を眺めていると、気持が明るくなる。小さな満足を覚えて空を見上げる。薄青い四月の空は、見上げると意外にまぶしかった。これでは日に焼ける。急いで部屋の中に引きかえす。まだ素顔のままだった。昔と違い、今は起きてすぐに化粧をすることはない。

掃除をするまえにお茶を飲んで少し休む。近ごろはいくつもの作業を続けてこなすのが難しくなった。それでも十分も休めば体力は回復する。

掃除機を階段下の収納庫から取りだし、ホースを繋ぐ。掃除機を和室に運びながら、どうしてこんなに重いのだろう、と改めて思う。もう十年も遣っているから、型が古いのかもしれない。今度買うときはコードレスの軽いものにしよう。多少性能が悪くたって構わない。そんなことを考える。

和室を掃除したあと、居間兼食堂、台所と順に掃除機をかける。移動するたびにコンセントを抜いたり差したりしなければならない。トイレや洗面所、階段は雑巾で拭く。風呂場は湯舟の栓を抜いてお湯を捨て、浴槽の中に入ってスポンジでこする。布団干しから掃除まで終えるのに、二時間近くかかった。

時計を見ると十時半を過ぎている。急いで買物に行かなければならない。いつもは午後に買物をするのだが、きょうは孫達が早く帰ってくる。新学期に入ったばかりで、まだ給食がない。二人ともお昼には帰ってくるはずだった。三人分の昼食を作らなければならない。

冬子は手早く化粧をし、ばたばたと戸締りをした。冬子夫婦の車は敬介が乗っていった。娘達の車を借りる。娘達の車にはときどき乗っているから、運転には慣れている。スーパーまで車で四、五分の距離だった。

スーパーに着いて真直ぐ麺類の棚に行き、焼そばを買う。焼そばに入れる野菜は買いおきしてある。肉の棚に向かう。豚肉の薄切りと、牛の挽肉を買う。豚肉は焼そばに入れる。牛挽肉は今夜のハンバーグに遣う。それだけ買って急いでレジに並ぶ。肉や魚は冷凍するとまずくなると冬子は思っている。いざというときのために、ある程度のものは冷凍してある。が、なるべくその日に食べるものは、その日に買うようにしていた。

家に帰ると十一時半になっていた。冬子はすぐにキャベツや人参、ピーマンなどを洗って刻みはじめた。刻んでいる最中に下の孫が帰ってきた。玄関を入るなり、

「きょうのお昼御飯、何？」

と訊く。

「焼そばよ」

と答えると、

「やりー」

と叫んで二階へ上がっていった。

ランドセルを放りだす音がして、すぐにどたどたと一階に降りてきた。早速テレビをつけて観はじめた。ケーブルテレビに加入しているので、いつでもアニメが観られるのだ。

野菜を刻みおわり、まず肉からいためはじめる。それに野菜を加えたところへ、上の孫が帰ってきた。彼は靴を脱ぎながら鼻をひくひくさせ、

「この匂いは焼そばだね」

と言った。

冬子が、

「当たりよ」

と答えると、彼は弟と同じように、

「やりー」

と言った。

冬子は孫達の皿に、焼そばをたっぷり盛ってやった。特に肉はほとんど二人の皿に盛る。冬子はそれほどの量を食べない。焼そばのほかに、バナナとヨーグルトを用意する。

孫達の食欲は相変わらずすさまじかった。大盛りの焼そばをあっという間にたいらげる。ヨーグルトのパックはほんの二口ほどで食べてしまった。バナナも同様だった。

食べおわった二人は歯を磨くと、それぞれ、

「公園で野球する！」

「順君ちでゲームする！」

と叫び、我勝ちに外へ出ていった。

冬子はまだ半分も食べおわっていない。一人になってほっと息をつき、テレビを観ながらゆっくり食べる。食べおわって食器を片づけ、今朝読みのこした新聞を読む。毎日必ず最後のページまで目を通すのが習慣だった。

新聞を読みおわり、午後の仕事に取りかかる。布団を取りこもうとしたところで電話が鳴っ

た。銀行からの電話で、投資の誘いだった。断る。投資に興味はない。それに虎の子の二百万円以外、冬子名義のお金はない。

敬介は家にいくら貯蓄があるのかさえ、冬子には教えない。教えれば冬子が無駄遣いをするとでも思っているのだろうか。いずれにしても敬介は年金と同様、貯蓄もまた自分のものと考えているらしい。

取りこんだ布団を押入れにしまったところで、また電話が鳴った。今度は保険会社だった。これも断る。

敬介は、

「おれが死んでもおまえが困らないようにちゃんとしてある。保険だの何だの、おまえは余計なことを考えなくていい。どうせ大した知識もないんだ」

と言っている。

冬子は敬介の言葉を信じるしかない。

さて次は洗濯物だ。干したものはどれも気持よく乾いていた。籠一杯の乾いたものを持って、上の孫の部屋に戻る。部屋の真中に坐って、一つずつ籠から取りだし畳んでいく。畳みおわると、孫達のものはそれぞれの整理箪笥にしまった。娘達のものは娘のベッドの上に置いておく。箪笥は開けたくなかった。自分達のものはそのまま抱えて下に降りる。

洗濯籠を片づけたところで、庭の雑草が伸びているのを思いだした。帽子を被り、手袋をはめて庭に出る。大して広くもない庭だが、樹と樹の間にびっしりと雑草が出ていた。二、三日まえに取ったばかりなのに、もう我がもの顔にはびこっている。少しでも根が残っていると、たちまちのうちに復活する。これからしばらくの間は雑草取りに追われることになる。

結構頑張ったつもりだが、雑草は際限なく目についた。が、疲れたので途中でやめる。立ちあがると大きくよろめいた。特に運動などはしていない。足腰が弱っているのだろうと思う。

孫達は夕方までは帰ってこない。夕食の仕度までには少し間があった。冬子は帽子をしまい、手袋を洗濯物用の籠に入れてお茶の仕度をした。

テレビをつけてお茶を飲む。観たいものがあるわけではない。しかし、一人無言でお茶を飲むのもわびしい。

画面では保育園の待機児童の問題を取りあげていた。スタジオの専門家やコメンテーターがいろいろな意見を述べている。そのあと画面は街頭インタビューに変わった。若い女性が二人保育園の不足を訴えている。そのあと三十代半ばと思われる男性がインタビューに応じた。

「うちは三世代同居なので、共働きでも全然問題がないんですよ」

彼はにこやかに答えた。

「と言いますと」

レポーターが訊く。

「ぼくの母が子供達の面倒を見ているので、保育園に頼る必要がないんです」

「なるほど。でもそうすると、お母さんの負担が大きいんじゃないですか」

「そんなことはないと思いますよ。だって母はずっと専業主婦でやってきて、これといってやりたいこともないようだし、逆に孫達の面倒を見られて、嬉しいんじゃないですか」

「なるほど」

「ええ、ぼくとしては親孝行ができてるんじゃないかと思ってます」

レポーターもインタビューに応じた男性も、満面の笑みを浮かべていた。

このインタビューの何が自分の心を刺激したのか、冬子自身にも分からなかった。しかしこの場面を見たとたん、冬子の両眼からわっと涙が溢れてきた。冬子は湯呑みを置いて立ちあがると、泣きながらばたばたと戸締りをした。いつも持ちあるくバッグを摑み、玄関に走る。

玄関の鍵を掛け、車庫に急いだ。涙は流れたままだ、娘達の車に乗ると、すぐに発進させた。どこといって行く当てはなかった。気がつくと旧街道を東に向かって走っていた。この道を真直ぐ行くと、三十分で海に出る。

泣きながら冬子は心の中で叫んでいた。わたしにだって、やりたいことはいっぱいある。ピアノを習うのは子供のころからの夢だった。フラダンスも習ってみたかったたし、バドミントンもおもしろそうだった。コーラスのサークルに入って思いきり歌ってもみたい。けれどいつも夫や娘や孫の生活を優先して、自分のことは後回しにしてきた。

いや、そんなことより何より、冬子は仕事がしたかったのだ。看護師になってみたいと思ったし、学校の先生にもなりたかった。美容師でもよかったし、栄養士でもよかった。とにかく自分はこれこれの者ですと胸を張って言えるような、何かになりたかったのだ。

これまで冬子は市役所、銀行、子供の学校などで職業を問われ、主婦ですと答えてきた。そしてそのたびに無言の侮りを受けてきた。気のせいとは思わなかった。

冬子は専業主婦になった以上、完璧な主婦になろうと努めてきた。が、そのことをこれまで誰にも褒められたことはない。別に褒められたくてやっているわけではなかった。ただ自分のやっていることは無価値ではないと、認めてもらいたいだけだった。

家族の間でさえ、冬子のやることはやって当たりまえとしか思われていない。しかも誰にでもできる、つまらぬこととしか思われていない。

頭の中でこれまでに経験した無念の思いが、ぐるぐると渦巻いていた。いつの間にか冬子は運転しながら号泣していた。このまま走ればあと少しで海に着く。

海に着いて自分はどうするのだろう、と頭の隅で考える。きっと砂浜に腰を下ろしてしばらく泣くだろう。同時に孫達が帰ってくる時間を気にするだろう。そして孫達より先に家に戻らなければならない、と考えることだろう。

そんな考えを蹴散らすほどの激しさも度胸も、冬子にはなかった。歯痒かった。しかし、自分が結局は周りの誰も困らないように振舞うだろうことを、冬子はよく分かっていた。

小旅行

「電話番号、読みあげてくれる？」

旅館の案内書を娘に渡しながら、治子が言った。今夜泊まる宿の電話番号を、カーナビに入れようとしていた。

娘の都子は二十九歳になるが、車を運転しない。一度免許を取ろうとしたが、仕事が忙しいのと不器用なのとで断念した。それに都子はふだん東京で一人暮らしをしている。日常の暮らしの中で車を必要としない。そんなわけで二人でドライブ旅行をするときは、いつも治子が運転することになる。

都子が読みあげる声に従って、治子は数字を入力していく。入れおわってガイド開始を押す。目的地まで所要時間は一時間半ということだった。これでは小旅行とも呼べないかもしれない。旅館は房総半島の南端にある。

治子は車の運転が好きではない。高速道路も走りたくない。場所の移動はどうでもよく、ただ娘と二人、ゆったりとした時間を過ごしたいだけだ。それでも一応の旅気分を味わうために、二人は近場の海辺の町を目指している。

運転嫌いの治子も、必要に迫られて家の周辺は毎日走っている。家を出てしばらくの間は、気持にも余裕があった。しかし生活圏を離れたとたん、緊張しはじめた。カーナビの画面にしばしば目をやり、音声に耳を澄ます。

右折や左折の場所を間違えると、挽回するのが大変なのだ。自分の反応の遅さを棚に上げて、ガイドの案内のタイミングが遅すぎると治子は思っている。〝ここを右です〟と言われてよしと思ったころには、車線の変更が難しくなっている。そんなことを何度も経験しているから、気が抜けない。

ところが、運転の苦労を知らない都子は呑気なものである。

「あら、こんなところにお洒落なレストランがある。今度来てみよう」

などと言いながら、車窓の景色を楽しんでいる。

隣町を通りぬけ、幹線道路に入るとまた楽になった。信号のほとんどない一本道が続いている。これなら治子も緊張せずに運転ができる。

道は山間部を切りひらいて作られたもののようだった。ときどき道の両側に、低い山らしきものの断面が現れる。今自分が地図上のどの辺りを走っているのか、治子は把握していない。

旅行のまえに道路を調べることもしなかった。面倒だということもあるけれど、それ以上に興味がない。およその方向を摑み、あとはカーナビに任せれば何とかなるという、不埒な考えである。

一本道に入ってしばらくしたころ、

「明はどうしてるの？　元気でやってる？」

と、都子が訊いた。

明は都子の弟で、四歳の年の開きがある。明は大学を出たあと、保険会社に就職した。今は仙台支店に勤務している。

「元気みたいよ。ときどき電話をくれる。遠くてあまり帰ってこられないから、その埋めあわせのつもりみたいね」

治子は答える。

尋ねた都子の口調は何気ないものだった。が、治子のほうは何となく用心する。

治子の答に都子は、

「ふーん」

と軽く応じた。

しかしそのふーんにはいろいろな意味が籠められているのだろう、と治子は思う。そしてその意味の中に、あまりいいものはないのだろうとも思う。

都子は明に対して今も拘りを抱いている。正確に言えば明に対してというより、治子と自分、治子と明の関係に対して拘りを抱いている。もっと正確に言えば、子供のころ治子が都子に対して厳しかったのに、明に対しては甘かったという不満を抱いている。

治子自身にはそのようなことをしたつもりはなかった。けれど都子の目にどう映ったかは、別の話だ。そして都子が拘っている以上、その問題は存在すると治子は思っていた。明のことで都子の気持を刺激しないよう、治子はふだんから気を配っていた。


都子は治子夫婦にとって初めての子供だった。親になったとはいえ、治子も夫もそう一足飛びに親らしくなれるわけではなかった。治子達の親は共に遠くに住んでいた。近くに手助けしてくれる人も、相談に乗ってくれる人もいなかった。本を読み、一つ一つ手探りで赤ん坊の世話を学んでいくしかなかった。

加えて都子は顔も性格も夫に似ていた。顔は生まれてすぐに明らかになった。性格のほうは成長するにつれて、徐々に明らかになっていった。幼児になって自我が芽生えたころ、都子が見せる些細な反応の多くに、治子はとまどいを覚えた。それは大人が幼児を理解できぬというのとは、少し違っていた。何か人としての本質が、自分とは違うというとまどいだった。夫には感じぬものだった。夫は初めから他人だから、違うのは当たりまえだった。都子にだけ感じたのは、自分が生んだのだから自分に似ているはずだという、期待あるいは思いこみがあったからかもしれない。

治子には都子を育てる中で、今も鮮明に記憶に残るできごとがあった。都子が幼稚園に入ってすぐのころのことだった。都子は夜中になると泣いて、足が痛いと訴えるようになった。初めは治子も黙って足を擦っていた。しばらく足を擦ってやれば、都子はまた自然に眠りに落ちるのだった。

が、それが幾晩も続いたある日、治子は都子を病院に連れていくことにした。何か病気があっては大変だと思ったからだ。しかし様々な検査をした結果、身体的に異常はないということだった。

「精神的なものでしょうか」

治子が尋ねると、医師は、

「そういうことは最後に考えるべきことです。でも身体的に問題がないとなれば、そんなことも考えられるかもしれません」

と答えた。

その夜また都子が夜中に泣いたとき、治子は都子を揺すりおこした。

「何か悲しいことがあるなら、言ってごらんなさい。黙っていると、いつまでも痛いのが治らないのよ」

と言った。

けれど都子は半分眠ったまま、ただ泣きつづけるばかりだった。必死になった治子は、なおも都子を起こそうとした。

そこに騒ぎを聞きつけた夫が起きてきた。仕事で朝の早い夫は、別室で寝ていた。夫は都子を抱きとると、

「いいんだよ。言いたくないなら、無理に言わなくてもいいんだよ」

と話しかけながら、長い間都子の足を擦りつづけていた。都子は安心したように、夫の胸の中で眠りはじめた。

夫のやり方がいいのか、自分のやり方がいいのか、治子には分からなかった。たぶん二人とも自分のやり方に自信があるわけではなかった。ただこれが自分の問題なら、こうやって解決するだろうというやり方を、子供に応用しているに過ぎなかった。

夫は自分の心の中をあまり人に見せぬ気質だった。辛いことや嫌なことがあっても、口には出さない。ただじっと耐えて、自然に消えていくのを待つ。が、それには時間がかかる。その間屈託した気持を隠しきれるわけでもない。本人の沈んだ気分は周りの人間にも影響を与え

る。

一方治子のほうは、自分の心の中にあるものを言葉にして分析する。怒ったり反省したり、確認したりを繰りかえし、やがてそれが何であるかを納得して解消する。人がそれぞれ自分に合ったやり方をしているだけで、どちらがいいと言えるようなことではなかった。

しかし都子に関して言えば、主として育てているのは治子だった。毎晩夜中に起こされて、足を擦るのも治子だった。治子は自分のやり方で対処するしかなかった。

都子の夜泣きがさらに続いたとき、治子は心を決めた。

「ちゃんと目を覚まして、何があったのか話しなさい」

と言いながら、都子を起こした。

目を覚ました都子は、

「理沙ちゃんが意地悪する」

と言って、わっと泣いた。続いて具体的にどんなことをするのかも話した。

理沙ちゃんとは近くに住む、都子より一歳上の女の子だった。幼稚園にも毎朝一緒に通っている。

治子は次の日、理沙ちゃんの母親を訪ねた。理沙ちゃんの母親は、治子の話を聞いても気分を害した様子を見せなかった。そしてすぐに冷静な対処をしてくれた。都子の夜泣きは止まった。

治子はそうした自分のやり方がよかったのかどうか、今も確信がない。そうしかできなかったから、そうしただけだ。もしかしたら治子が何もしなくても、都子はさらに夜泣きを続けたあと、いつか自然に解消することができたかもしれない。

あのときのことを思いだすとき、治子のやり方は都子には合わなかったのではないか、と思うことがある。都子にとっては安心できない、辛いものだったのかもしれない、と思うのだ。そのあとに続く都子の育て方も、治子は似たようなやり方をした。それを都子が自分に厳しかったと受けとめることは、充分にありうることだった。

自分のそんな姿を顧みるとき、治子の心の中にふと浮かぶものがあった。それは自分と母親との関係だった。

治子は幼いころ、内向的で泣き虫な子供だった。近所の子供達に苛められることもあったし、幼稚園で男の子に苛められることもあった。そういうとき治子は決してやりかえすことができなかった。ただめそめそと泣いて家に帰った。

家に帰ると、助けを求めて母親の姿を探した。ようやく母親を見つけ、自分がどうして泣いているのか訴えようとすると、母親は逃げた。泣いている治子が近づくのを見ると、母はすっと目を逸らし、どこかへ行ってしまうのだった。治子の心の中に失望と悲しみが広がった。治子の心の中に、母親は頼りにならぬ人という思いが定着した。

治子が中学三年になって、受験を控えているときのことだった。そんな思いをさらに強くするできごとがあった。

ある日、父親が旅先で倒れた。命に別状はないとのことだった。けれど電話でその知らせを受けた母親は、その場にわっと泣きくずれた。そのとき治子は英語の塾に出かけようとしていた。が、泣いている母親を放っておくわけにもいかず、

「塾に行くの、止めようか?」

と尋ねた。

すると母親は泣きながら、子供のようにこっくりした。治子の心の中に失望感が広がった。たぶん治子は母親にもっと強くあってほしかったのだ。

「受験生なのだから、塾に行きなさい。ここはわたしが何とかするから」

とでも言ってほしかったのだ。

都子を生んだとき、治子の心の中に自分の母親のようにはならないという思いが、強くあったことは確かだった。

綺麗に舗装された一本道は、道幅が広かった。擦れちがう車は少なかったし、うしろから追

いこす車もなかった。気楽な運転が続いていた。やがて道路の両側に刈田や畑、林などが見えはじめた。のんびりとした早春の田園風景だった。大変いい風景だった。が、どこかで見たような風景でもあった。治子の脳裏にかつて父親の言っていた言葉が浮かんできた。旅行を勧める治子に対して答えた言葉だった。

「旅行になど行きたくない。無駄だ。日本中どこに行っても景色は同じ」

その言葉が合っているのかどうか、治子には分からない。判断できるほど旅の経験がない。

それでも父の言葉を思いだすと、おかしくなって小さく笑った。

「どうしたの」

都子が訊く。

治子が父親の言葉を伝えると、

「おじいちゃんらしいね」

と言って都子も笑った。

父は偏屈で、何事につけ他人に同調しない人だった。

しばらくして、都子が左の前方を指差した。

「ほら、あれ見て。ああいうのを里山って言うのかな。お父さんが見たら、きっと喜ぶね」

治子がそちらを見ると、美しく樹の生えそろった小さな山が見えた。山というより丘に近いような小高い地形のものだった。

治子の夫は大学で樹木の研究をしている。主として関東以北に生育する樹木を研究している。呼ばれれば、どこにでも出向いて植林の相談に乗る。そういう仕事だから家を空けることが多い。最近では仲間と一緒に近隣の里山を守る活動もしている。休日に家にいることは滅多になかった。

治子が都子と二人で旅行に出かけると言っても、気にも留めない。

「あ、そう」

で終わりである。どこに行くのかとも訊かない。

治子はそんな夫に不満はなかった。寂しさはなく、むしろ気楽に感じていた。明が中学生になったとき、治子は細々と続けていた翻訳の仕事に、本腰を入れはじめた。自分の時間を自由に遣えるのがありがたかった。

都子は父親の仕事や活動を高く評価していた。都子自身は父親とは違う大学で、水の研究をしている。森林と水は切っても切れない関係にある。都子が水を専門にしたのは、父親の影響かもしれなかった。

都子が大学に進むとき、治子は漠然と文系を選ぶことを期待していた。自分が理系と呼ばれるものに、まったく関心がなかったからだ。しかし都子は早い段階で理系に進むことを決めた。

　得意科目が父親に似て、数学や物理だったからかもしれない。と同時に、心のどこかで母親の言いなりにはならないと思っていたのではないか、と治子は考えていた。

　治子の夫は温和で静かな気質の人だった。自分の気分で人に当たったりすることは、決してなかった。けれど気持を抑えこむからか、日常それほど機嫌のいい人でもなかった。これといった理由があるようにも見えないのに、静かに機嫌が悪かった。

　治子は最初自分のせいなのかと思い、気になった。けれど時が経つにつれて、原因が自分にあるわけではないことが分かってきた。以来治子は夫の不機嫌を気にしなくなった。

　都子はそんな不機嫌な気質も夫に似ていた。幼いころ、これといった理由もないのに、よくふんふんと泣いたりぐずったりしていた。もしかしたら本人なりに理由はあったのかもしれない。が、尋ねても首を振るばかりで何も言わなかった。周りには分かりようもなかった。

　大きくなってもその傾向はなくならなかった。小学校の高学年から中学生にかけて、都子は実に不機嫌だった。朝起きてから学校へ行くまで、学校から帰ってきて寝るまで、大抵は不機嫌だった。しかも都子の不機嫌は、夫のように控え目ではなかった。これ見よがしの仏頂面を隠そうともしないのだった。

　夫のときは気に留めぬことで対処した治子も、都子に関しては黙ってはいられなかった。毎日仏頂面を見ているのも不愉快だったが、それ以上にこのまま大人になっては将来困るのではないかと心配した。

しかし治子が不機嫌の理由を何度尋ねても、都子は答えなかった。そんな都子を治子はついつい叱ったり、説教したりしてしまう。その結果は何もいいことがなかった。都子はますます不機嫌になり、仏頂面を強めた。

そのころの都子の心の中に何があったのか、治子は今も分からない。学校のことなどいろいろあったのだろう。が、一つだけはっきりしていることがある。それは治子が明のほうをより可愛がるという不満があったことだ。そしてその不満は、治子が想像するよりずっと大きいもののようだった。

明が生まれたとき、治子にはすでに都子を育てた経験があった。当然心にも余裕があった。加えて明は治子が育てやすい子供でもあった。喋れるようになると、明は尋ねてもいないのに、自分のことを懸命に説明しようとした。泣いているときはなぜ泣いているのか。笑っているときは何をおもしろいと思っているのか。

あるとき明を静かにさせるために、治子は口のまえで指を横に引き、

「お口にチャックね」

と言った。

明もうなずいて同じ仕種をした。けれどしばらくすると明がまた騒ぎだした。治子は、

「さっきお口にチャックしたでしょ」

と注意した。

すると明は、

「ううん、違うの。あれはねお口のチャックを開けたの」

と返してきた。

治子は叱るのも忘れて大笑いした。

それに明は訳も分からず泣いたりぐずったりすることがなかった。大抵の場合機嫌がよくにこにこしていた。そういう明を見ると、治子も自然に笑顔になる。明を育てることは、治子にとっておもしろいことだった。そんな様子を側で見ていた都子は、自分との違いを感じ、ずっともやもやした気持を抱えていたのかもしれない。


一本道を一時間も走ると、右手に海が見えてきた。同時に道路が急カーブを描きはじめた。どこを走っているのかは分からなかった。どうやら小さな湾を回っているようだった。海が凪いでいる。海面の小波に陽が当たり、鱗のように輝いている。波の動きにつれて、それが一斉

に揺れた。

「綺麗ね」

都子が呟く。

治子は運転しているので、一瞬しか見ることができない。

「もうすぐお昼ね。ここに来たら、お寿司を食べないとね。この先にいい回転寿司があるって、ガイドブックに載ってる」

都子が言う。

治子に異存はなかった。が、治子には初めての店を探しながら、慣れぬ道を走るような運転技術はない。道路の左側にある空地を探して車を止めた。寿司店の電話番号をカーナビに入れる。カーナビに従って走ると、十五分ほどで市街地に入った。道路が混みはじめた。やがて左手にそれらしい店が見えてきた。

しかし店は三叉路の角にあって、駐車場への入口がよく分からない。もたもたしていると、うしろから警笛を鳴らされそうだった。焦りながら二人で入口を探し、どうにか駐車場に車を入れる。

「お母さん、下手」

と都子が言った。

「仕方がないわよ。初めてのところなんだから」

治子が言いかえす。

駐車場の空いたスペースを見つけ、車をバックで入れた。一度では真直ぐに入らず、入れなおす。都子がまた何か言うかと思ったが、何も言わなかった。呆れているのかもしれない。

車の外に出てあらためて寿司店を見ると、遠くから見るよりずっと大きかった。入口付近はこぢんまりしているのに、奥行がある。店の横には待合室らしいものまであった。長椅子にずらりと人が坐っている。店内は満員ということらしかった。

入口に順番表があったので都子が書きこむ。

「かなり待つのかな」

都子が言う。

「そうでもないでしょ。一人当たりの時間は短いと思うし」

治子は答えて待合室の隅に立った。坐る場所がない。

都子と二人並んで立っていると、長椅子はすぐに空いた。店から次々と人が出てくる。代りに名前を呼ばれた人が、店内に入っていく。それでも三、四十分は待たねばならぬようだった。

「時間がもったいないわね」

都子が呟く。

「そんなことないでしょ。旅先なんだし、これといってすることもないんだし」

答えながら治子は小さな違和感を覚える。

都子は時間を無駄にすることを嫌う。そういうところも夫に似ていた。夫はかなり先まで予定を立てて、時間をきっちり管理する。そしてそれを変更することを嫌う。治子は半ば呆れながら、夫の邪魔をしないようにしていた。そのことにさしたる不満はなかった。

しかしなぜか都子のこととなると、笑ってすますことができない。

「もっとゆったりしたら？　少しぐらい無駄なことをしても、結果は大して変わらないわよ」

ついつい言ってしまう。

すると都子はぶすっとして、

「そんなこと、分かってる」

と返してくる。

治子が夫に何も言わないのは、もう変えることはできないと思うからだ。そして都子に注意するのは、まだ変えられると思うからだ。

やっとのことで名前を呼ばれ、店内に入った。入ってまた驚く。店内でもまだ待たされるようだった。壁に添ってずらりと長椅子が並んでいる。そこにも大勢の人が坐っていた。仕方なく空いた席を探して腰を下ろす。今度は十分ほどで名前を呼ばれた。

客席はテーブルとカウンターを合わせて四十席ぐらいある。カウンターの中で立ちはたらく職人の数も多かった。店内には注文を受ける職人の声、お薦め品を知らせる声、客の名前を呼ぶ声などが賑やかに飛びかっていた。

カウンターのまえを寿司を乗せた皿が流れていく。が、それを取る人は少ない。みな思い思いのものを注文して、握ってもらっている。

席に坐り、注文するまえにふと隣の中年女性を見て治子は驚いた。握って出された寿司から、わざわざ寿司種を剝がしている。それを醤油につけて刺身として食べ、次に残った寿司めしに醤油をつけて食べている。治子は驚いて目が離せなくなった。さらに見ていると、その人は次の寿司もまえと同じようにして食べている。

どんな食べ方をしようと、客の勝手ではある。しかしこれではせっかく握った職人が、気を悪くするのではないかと心配になった。けれど目のまえに立つ職人は、顔色一つ変えていない。きっといろいろな客を見てきて、多少のことでは動じなくなっているのだろう。

治子達もそれぞれ好きなものを注文する。治子は白身や貝類を頼む。都子は大トロやあなごを頼んでいる。出てきたものはどれも新鮮でおいしかった。地元で獲れたものが多い。値段も高くはない。

「こんなお店が近くにあったらいいのにねえ」

治子が言う。

「無理よ。東京にだってそうそうないもの」

都子が答える。

治子は五皿、都子は七皿食べた。四十代のころ、治子は十皿は食べたものだ。今では十皿など想像もできない。肉体の衰えを感じる。

昼食のあと、二人は近くの道の駅に寄った。駐車場に観光バスが何台も止まっている。店内は広く、大勢の観光客で賑わっていた。置いてあるものはほとんど地元産の海産物だった。中に地元産のお菓子も少し混じっている。農家の人が持ちこんだらしい不揃いの柑橘類もあった。

治子は小魚と海草の振りかけ、鰯の角煮、海苔などを買う。どれも二つずつ買う。一組は都子に持たせるつもりだった。

鰯の角煮を見ているとき、すぐ隣から、

「これなんかどうかしら」

という声が聞こえた。

見ると治子より十歳ほど年長と思われる女性だった。女性に連れはいない。治子は自分が話しかけられたものと思い、返事をしようとした。と、それよりも一瞬早く、

「でも、大しておいしくもなさそうよね」

その女性が自分で返事をした。

無意識の独り言のようだった。一人で過ごすことの多い人かもしれない、と治子は思う。治子自身も、ふと気がつくと独り言を言っていることが少なくない。

都子は研究室の同僚向けに、箱入りのお菓子をいくつか買った。帰り際に、店の入口に置かれた長椅子に坐って、ソフトクリームを食べている中年夫婦を見かけた。傍らに彼らの飼犬と思われる中型犬も坐っている。何気なく見ると、夫のほうがソフトクリームを一口舐めるごとに、犬にも一口舐めさせていた。一人と一匹はそうやってずっと交互に舐めている。

妻はというと、一人と一匹には目もくれず、遠くのほうを見やりながら、自分だけで悠々と舐めていた。夫は衛生に無頓着なのかもしれない。と同時に、きっと気のいい人なのだろうと治子は思った。

買物のあとは真直ぐ宿に向かった。まだ午後の早い時間だった。けれど宿でゆっくりするのもいいだろうと思っていた。案内書によると、宿のすぐまえに海が広がっている。海辺を散策したあとのんびり温泉につかれば、それで充分だった。あれこれせわしなく観てまわる旅は、

治子は苦手だった。ふだん時間を気にする都子も、治子のそんな希望に、異を唱えてはいない。

宿についてお茶を飲んだあと、海辺に出た。砂浜が数百メートルに亘って続いている。強い磯の香りがした。浜風が頬に冷たかった。季節の変り目だったが、治子も都子もまだ冬物のコートを着ていた。治子のコートはワインレッドで、都子のは黒だった。コートの下の服も、都子より治子のほうが派手だ。

都子はいつも紺やグレイなどの落着いた色の服を着ている。若いのだからもっと派手なものを着ればいいのにと治子は思う。が、好みだから仕方がない。

都子が子供のころ、治子はピンクや赤などの派手な色の服ばかり着せていた。都子は嫌とも言わずに黙って着ていた。きっと気に入らないのを、我慢して着ていたのだろう。そう思うと、おかしいような不憫なような気がした。

砂浜には様々な色の小石があった。ただの小石なのに、手に取ってじっと見ていると、どれも捨てるのが惜しいほど模様が美しかった。

「少し持ってかえろうかな」

治子が言うと、都子は、

「ふーん」

と興味がなさそうな返事をした。

都子は口数が少ない。特におもしろいことを言うわけでもない。が、一緒にいるとこちらをほっとさせるような柔らかな雰囲気を持っている。中学生のころの攻撃的な不機嫌さが、嘘のようだった。訳の分からぬ不機嫌さを、周囲に見せたりすることももうない。いつの間にか成長していた。

都子が大学に入って家を離れてからの生活を、治子は知らない。きっと親に語らぬ様々な経験をしたのだろう。気がつくと、都子は一人前の大人になっていた。

「同じ研究室にね、とてもいい人がいるの」

砂浜を歩きながら都子がぽつりと言った。

しかし治子ははっとする。都子の年齢からすれば、いつ結婚の話が出てもおかしくはない。それに都子の表現はいつも抑制的だ。その都子がとてもいい人がいる、と口にするからには、その人との関係は特別なものということだろう、と治子は思った。

いろいろ尋ねたかった。けれどただ、

「ふーん」

と軽く応じた。

あまり性急に尋ねると、都子が口を閉ざしてしまうような気がした。自分のほうから話してくれるのを待つほうがいいだろうと思った。

が、しばらく待っても、都子はそれ以上は言わなかった。少し経って都子が口にしたのは、そのこととは直接関係のないことだった。

「わたしね、子供が生まれても、お母さんみたいな親にはならない。子供にあれこれ言ったりしない。黙って好きなようにさせるの」

その言葉に、治子は胸を突かれた。しかし、

「そう。それもいいかもしれないね」

と軽く応じた。

治子自身も自分の母親のようにはならないと思って、都子を育てた。そして今、そのやり方が都子に批判されていた。皮肉と言えば皮肉なことに違いなかった。けれど治子の中に不快感や怒りはなかった。あるのは親子とはそんなものかな、という感慨だった。そしてまた自分達親子三代のありようを、おもしろがるような気持だった。

治子にはさらに別の思いもある。今ごろになって、治子はやっと自分の母親の別の面も見えるようになった。母親は治子を守ってくれなかったかもしれない。が、同時に治子を抑えつけることもしなかった。治子の振舞を批判したり説教したりすることもなかった。

治子が高校を決めるときも大学を決めるときも、結婚相手を決めるときも、母親はいっさい

口出しをしなかった。その母親の許だから、治子は自由に気儘に成長することができたのだった。一人の人間を過不足のないように丸ごと見つめるのは難しい。

そんな経験から、都子もいつか治子に対して、批判だけでなく別の気持も抱いてくれるのではないか、と思っている。その時期はいつでも構わなかった。

「そろそろ旅館に戻ろうか」

と治子が言った。

都子がすぐに、

「うん」

と応じた。

川

「おじさん、できてっぺが」

赤ん坊を背負った若い母親が、店内を覗いた。近くにある洋品店の嫁だった。

入口のガラス戸は営業中常に開けてある。

「うむ、できてっと」

厚は口の中でぼそぼそと答え、作業用の椅子から立ちあがった。

店の奥に修理済みの自転車と修理待ちの自転車が並んでいる。その中の一台が若い母親のものだった。少し古びた婦人用自転車だ。ハンドルの部分に子供用の椅子を取りつけた。ごく小さな子供用の椅子だ。後輪の上にはすでに少し大きな子供用の椅子が取りつけてあった。

「おめ、本当に大丈夫だが」

自分で取りつけたのに、厚は念を押さずにいられなかった。母親はこれから自転車のまえとうしろに子供を乗せて走ることになる。

今年六十八歳になる厚は、若いころに比べて何かと心配症になっている。客が子供二人を乗せて走る姿を想像すると、自転車を渡すまえからはらはらしていた。しかし商売柄頼まれれば嫌とは言えない。それにもし厚が断ったとしても、母親はどこか別の店へ行くだけだろう。厚にできることは、椅子が決して外れたりすることのないように、しっかりと取りつけることぐらいだ。

「おじさん、わだしだって二人も子供乗せで走んのは、おっかねよ。んだげんと仕方ねだ。ほら、この子見でよ。一歳過ぎだら大ぎくなって、おんぶしたまま自転車さ乗ったら、足が車輪さからまりそうなんだわ。ほのほうがよっぽど危ねべ。ほれにな、お姉ちゃんを幼稚園さ送っどぎどが、スーパーさ行ぐどきどが、この子だげ家さ置いでいぐわげにはいがねだ」

そう言われて赤ん坊のつま先を見ると、確かに母親の太ももの辺りまで伸びている。

「んだな。仕方ねな」

厚はしぶしぶ相槌を打った。

「お姉ちゃんが学校さ上がるまでだがら。一年半ぐれのごどだがら」

母親は自分に言いきかせるように言った。

厚は椅子代と少しの手間賃だけ貰い、自転車を店の外に運んだ。

母親は背中の赤ん坊を下ろし、まえの椅子に乗せた。そしてそのまま器用に運転して帰っていった。厚はしばらくの間店のまえに立って、二人の後姿を見送った。他人事ながら、事故のないようにと、祈るような気持になっている。

店のまえは町を南北に貫く大通りだった。大通りとはいえ、道幅はさして広くない。普通車が擦れちがうのがやっとという程度の幅だ。人々があまり車など持たないころにできた道が、そのままになっている。

町ではこれまで何度も道幅の拡張を検討してきた。けれどその度に頓挫した。通りの両側には三代四代と続く店舗が軒を連ねている。どの店にも二階や奥に住居部分が付いていて、横にもうしろにも空地はない。道路を広げるには店か住居を削らなければならない。そしてそれは至難の業だった。

厚は店の中に戻り、作業を再開した。パンクしたタイヤの修理だ。空気を送って穴の開いた箇所を探し、そこにゴムを張る。昔も今も修理方法に変わりはなかった。

三十畳ほどの店内に、新しい自転車は展示していない。店内のほとんどの場所は工具と分解した自転車の部品で占められている。大抵の修理や部品交換は、厚が集めているものでまかなえるのだった。客からは僅かな手間賃しか取らない。

客は新しい自転車を、町外れにできたホームセンターで買う。そこには広い売場があって、種々の自転車が並んでいる。高性能の高いものもあるし、特売の安いものもある。町の人々がそこで自転車を買うようになったのは、当然のことだった。が、その店は売るだけで修理はしない。厚の店はいつの間にか修理専門の店になっていた。

しかし厚に不満はなかった。厚にとっては自転車を売るより、収集した部品の中から最適のものを探し、ぴたりと直すほうがよほどおもしろかった。

三十分足らずでパンクの修理を終え、次の修理に取りかかる。その自転車はまだ新しい男性用だが、サドルがなかった。

「おじさん、おれ、学校の帰りに本屋さ寄ってな、しばらぐ立ぢよみしてだだ。ほんなに長い時間でねえど。ほれなのに駐車場さ置いでだ自転車のサドルがねぐなっただ。すぐには気がつかねくてな、乗っぺど思って腰掛げだら、坐っどごがねがっただ。サドルだげ盗むなんて、聞いだごどね。こんでは何ぼ鍵なんか掛げだって無駄だべ」

高校生の男の子が、口を尖らせて説明した。

「んだな。ほれは防ぎようがねえな。何ぼが腹立づべな」

厚は笑いを堪えて答えた。この町では盗み自体が珍しい。ましてサドルだけというのは厚も聞いたことがなかった。もしかしたらいたずらかもしれないと思った。

男の子が安いほうがいいと言うので、厚は自分の集めた部品を遣うことにした。金属部分をぴかぴかに磨き、それに新しい詰物をしたカバーを被せる。学校に通うのに不便だろうから、なるべく早く仕上げようと思っていた。

こんな仕事ぶりだから、休まずに働いても大した収入にはならない。けれど息子三人はもう独立している。家は持家だし、夫婦二人の暮らしにさほどお金はかからない。それに妻の梅子も働いている。昔から洋服のサイズ直しや裾直しなどの内職をしてきた。これも大きな収入にはならないが、依頼は途切れることなく続いている。

年金と二人の収入を合わせれば、暮らしに困ることはないのだった。


「お父さん、御飯だよ」

奥に続く扉から顔だけ出して、梅子が呼んだ。

「うむ」

厚は鼻息で返事をした。仕事に没頭するうちに、いつの間にか昼になっていた。

店から廊下に上がってすぐの所に、台所兼食堂がある。食卓の上にはすでに料理を盛った皿が並んでいた。料理といっても昼だから大したものではない。焼そばにサラダ、自家製の梅干し。それにお茶である。

厚は黙々と食べる。昔から無口な質だ。それに梅子とは小学校以来のつきあいだから、今更喋ることもあまりない。そんな厚なのに、梅子は不満を見せることもない。一人でテレビを観て笑っている。厚はテレビもニュース以外は観ない。観てもおもしろくない。若い者の恋愛ドラマなどに興味はないし、芸人のおふざけにも興味がない。

食事のあと、厚は裏庭に繋いでいる犬を見に行った。犬小屋はあるが、厚のところの犬は小屋が嫌いだった。いつも庭の好きな場所に長々と寝そべっている。リードを長くしてあるから、さして広くない庭のどこにでも、自由に行けるのだった。

「シロ」

厚が呼ぶと、犬はすぐに走ってきた。厚を見上げながら、ちぎれるほど尻尾を振っている。シロは毛の色が白い柴犬だった。穏やかな性格の雌犬で、人や他の犬を攻撃したことはない。

柴犬は抜毛が多い。春先の抜毛が最も多いが、その他の季節でも結構抜ける。大袈裟に言うと、一年中抜けているという感じだった。そんなシロの躰を櫛で梳いてやるのが、厚の日課だった。梳いてやると気持がいいのか、シロはうっとりした顔になってじっとしている。

「あどで散歩さ行ぐべな」

厚が言うと、シロは一段と激しく尻尾を振った。七歳になったシロは、厚の言うことをほぼ理解する。少なくとも厚はそう思っている。

しばらくシロの毛を梳いてやったあと、厚は仕事に戻った。続けて二台の修理を終えると、きょうの頼まれ仕事はなくなった。厚はいそいそと周囲を片づけ、自分の楽しみに取りかかった。

自分の集めた部品だけを遣って、一から自転車を組みたてようというのだ。それだけをやっていれば、大した時間はかからないかもしれない。が、細切れの時間しか取れない上に、ああでもないこうでもないとやりなおしたりするから、時間がかかる。もう何ヵ月もかかっている。できあがったら、それに乗って県道をどこまでも走る。それが目下の目標になっていた。

部品選びや磨きに熱中しているうちに、午後も遅い時間になっていた。きのうの高校生がのっそりと顔を出した。サドルのついた自転車を見せると、

「あいや、おじさん。これだったらまえよりいいぐれだな」

と言って、満足そうに笑った。

厚は手間賃として八百円だけ貰うことにした。その額を聞いて、高校生の笑顔がさらに大きくなった。

高校生を見送って趣味の組立てに戻ろうとしたとき、時計屋の純平が顔を見せた。純平も小学校からの同級生だった。しかし高校は純平のほうが少しばかりいい学校へ行った。口には出さないが、純平は今もそのことを鼻にかけている。

純平はおうと短い挨拶をしたあと、

「ほら、これ」

と言って、きらきら光る大きな鮭を差しだした。

「どうしただ」

厚がぶっきらぼうに訊く。

「貰っただ。おれの従弟が漁業組合さ入ってっぺ。んだから二匹持ってきただ。喰いぎれねがら一匹持ってきた。梅ちゃんさやれ」

純平の答もぶっきらぼうである。

町を少し離れた所に大きな川がある。その川で毎年鮭の稚魚が放流される。秋には大量の鮭が戻ってくるのだった。漁の期間中、川の畔には店や食堂なども出て賑わう。

厚はうなずいて立ちあがり、奥の扉を開けて梅子を呼んだ。梅子は縫物でもしていたのか、老眼鏡をかけたまま顔を出し、

「何？」

と素気なく言った。けれど、

「純平だ。これ貰った」

厚が鮭を差しだしながら言うと、慌てて老眼鏡を外し、

「あいや、何だべ。悪いごどなあ」

と、一オクターブほど高い声を出した。六十八歳になっても、夫以外の男にはよく見られた

いらしい。

「梅ちゃん、これ下ろせっか。腹さいっぺ卵入っててっと」

純平の言葉に、

「たぶんでぎっぺど思う。鮭はやったごどねえげんと、鰹だら何回も下ろしてっがら」

梅子が答える。

町に漁港があることもあり、この辺りでは知りあいから魚を丸ごと貰うことも珍しくはない。それを下ろせないようでは主婦は務まらない。

「んだが」

純平は安心したようにうなずいた。卵は塩漬けでも醤油漬けでもいいこと、冷蔵庫で保存すればかなり持つことなどを説明した。

「んだら早速やってみっぺ。そのまえにお茶淹れっからな。ゆっくりしてって」

梅子は鮭を持って奥へ引っこんだ。

しばらくしてお茶と羊羹を持って現われ、すぐにまた戻っていった。鮭のことで頭がいっぱいのようだった。

「センターの中さな、眼鏡屋ができるらしだ。圭介んどごも大変だな」

純平がお茶を飲みながら言う。

センターというのは町外れにある大型ショッピングセンターのことだった。圭介も二人の同級生で、親の代から眼鏡屋を営んでいる。純平の時計屋もかつてショッピングセンターのせいで、存続の危機に陥った。そのせいか純平の口調には、圭介への親身な同情がにじんでいた。危機に直面したとき、純平はたくましかった。いたずらに歎いたり座視したりはしなかった。店の大改造を試みたのだ。

それまで主流だった時計や宝飾品の販買を縮小し、代りに家庭用品を売りだした。それは長い間町で売られていた瀬戸物とか小間物といったものとは、ひとあじ違うものだった。洒落たティーカップやスプーン、スリッパ、テーブルクロス、タオル、クッションなど、日々の暮らしにちょっとした彩を添える品々を揃えた。若い嫁の提案を受けて、純平が決断した方向転換だった。

今純平の店は町の女性達の人気を集め、大変繁盛している。

純平は昔から小才のきく男だった。度胸もある。その辺りが不器用で気のきかぬ厚とは、大きく違うところだった。けれどそんな違いが、二人のうまが合う理由かもしれなかった。

二人の話は町の人々の噂話に移っていった。といっても喋っているのはほとんど純平だった。厚はときどき短い相槌を打つだけだ。それでも厚にとって充分に楽しい時間だった。厚はふだん自分から進んで人と交わることはない。しかし人々に無関心というわけではない。

無口で愛想のない厚は、町の人々からおもしろみのない人物と思われている。このごろでは呑みに誘われることも少なくなった。誘ってくれるのは小学校からの同級生だけだ。商売をしているから、町の商工会には入っている。けれど会合にもあまり出ない。ほとんどの会員は代替りしていて、厚から見ると息子の世代だった。会長も四十代の男だ。厚には居心地の悪い組織になった。

厚の息子達は誰も店を継がなかった。本人達にその気はなかったし、厚も継げとは言わなかった。将来性のある商売ではなかった。当然のことと厚は受けとめていた。

息子達は地方の県立大学や国立大学を出て、サラリーマンになった。厚の収入では私立大学には入れてやれなかった。生活費のかかる都会の大学にも通わせてやれなかった。が、三人とも不平不満を口にすることはなかった。今彼らは仙台や日立、水戸に住んで、地道な暮らしをしている。

息子達に関して、厚のほうにも何も不満はなかった。家庭を築いて達者に暮らし、盆暮には顔を見せる。それで充分だった。自分の老後を託そうなどとはまったく考えていない。男女の寿命の差を考えれば、自分より梅子のほうが長生きするだろう。自分の世話は梅子がしてくれる、と勝手に思っている。それなら梅子の世話は誰がするのか。無責任な話だが、そこまでは考えていない。

「おれんどごのモカはな、本当に頭いいだど」

何の話から浮かんだのか、純平が突然言った。

純平は茶色のラブラドール犬を飼っている。名をモカと言う。犬を可愛がることにおいて、厚に引けを取らない。店は概ね息子夫婦に任せ、純平は半ば隠居の身である。時間はたっぷりある。

「朝、昼、晩と毎日三回散歩すんだ。コースは五通りぐれあってな、モカは全部憶えでんだ。時間になっと、ちゃんと吠えでおれを呼ぶ」

これまでにも聞いた話を純平はまたする。抜け目のない純平も、年齢には勝てないらしい。

「女房よりよっぽど一緒にいる時間が長いど。可愛さも女房よりよっぽど上だ」

純平はつけくわえる。

「んだな」

厚も迷うことなく相槌を打つ。

厚のところも似たようなものだ。一日のうち梅子と一緒に過ごすのは、三度の食事のときだけだ。朝食、昼食のあとは忙しいとしても、時間のある夕食のあとさえ一緒に過ごすわけではない。梅子は一人でテレビを観る。厚は隣の部屋で碁盤を眺める。

「モカは可愛げんとな、いざ自分が飢えるどなったら、おれはモカを喰う。何ぼ可愛くても、所詮畜生は畜生だ。人間どは違う」

純平が言う。何か深遠な真理でも口にするような、得意そうな顔をしていた。その顔を見ながら、

「んでね。おれは違うど。おれはシロを喰わね。人間と違うども思わね」

厚はきっぱりと言った。

厚が人の言葉に反論することは珍しい。しかもきっぱりと反論するなど、滅多にないことだった。厚は畜生という言葉が嫌だった。人間とは違うという言葉も受けいれがたかった。

「あいや、何だべ。ほれは綺麗事だべ。喰わねでなじょすんだ。みすみす飢えんのが」

純平が呆れたように言う。

「んだ。シロを喰うぐれだら、飢えだって構ね。ほれにな、おれは喰わねだけでねえど。喰わせる」

「ああ？　喰わせるって何を？」

「おれを」

純平は三秒ほどぽかんと厚の顔を眺めていた。それから、

「ばがなごと言うもんでね」

と、諭すように言った。

「ばがなごどでね」

厚は珍しく自分の言葉にこだわった。

自分が今口にしたようなことを、日頃から考えているわけではない。ただ純平の物言いに誘われて、言葉が勝手に出てきた。が、それはただの出任せではなく、自分の内奥から自然に出てきた言葉のような気がした。かといって、実際にそんな場面に遭遇したとき、言葉通りのことができるかどうか、自信があるわけではなかった。それでも自分の言葉は気持として嘘ではないと思った。

テレビのニュースで動物が虐待されている画面を観るとき、厚の目には涙が浮かぶ。人間が虐げられている画面を観れば、もちろん胸が痛む。しかし動物に関しては、なぜか感覚的な痛みが走るのだった。

どうしてなのか自分でも分からない。それに痛みを感じているとき、厚は自分が動物より上の存在だとは思っていない。そう思わない理由もまた、厚にはよく分からなかった。

「ほんでもな、おめも鶏肉や豚肉は喰うべ」

と純平が言った。

「喰うな」

厚は純平の言わんとすることを察したが、今度は穏やかに答えた。

「ほしたら犬を喰うのも同じだべ」

純平が言う。

「んだべがな」

厚はまた穏やかに応じた。

自分の言っていることに矛盾があるのは分かっていた。毎日肉や魚を食べて命を繋いでいる者が、口にできる言葉ではないような気もした。鶏舎にいる鶏や牛舎にいる牛を見ると厚の心は痛む。しかし彼らの肉を遣った料理を食べるとき、厚は彼らの生前の姿を想像しない。

都合のいい綺麗事と言われても仕方がなかった。けれどどんなに飢えてもシロは喰わない。そのことだけは確かだ、と厚は思った。

純平には少しぎくしゃくした厚とのやりとりを、気にするような素振りはなかった。そのあとも近々開く予定の同級会の話などをして、機嫌よく帰っていった。純平は大抵の場合機嫌がいい。何事につけても、相手に合わせようなどと無理をしないせいかもしれない。いずれにしても機嫌がいいというのはいいことだ、と厚は思った。周りの人々を安心させる。そのせいか純平には友達が多かった。

厚は早目に店を閉めた。明るいうちにシロを散歩に連れていきたかった。厚はもう長年、時間に拠らず日の長さに拠って店を閉めている。それで文句を言う客はいない。修理の済んだ自転車を受けとりたいと思えば、町の人は夜でも平気で取りにくる。厚もそれを迷惑とは思わない。小さな町で顔見知りを相手にする商売は、何事も杓子定規にはいかないのだった。

裏庭に行くと、シロは全身に喜びを表して、駆けよってきた。厚は散歩用の袋を用意する。中には糞を取る紙やそれを入れるビニール袋、手拭きなどが入っている。

シロはぐんぐんとリードを引いて、先に立って歩いていく。シロの体重は十キロほどだが、驚くほど力が強い。踏んばっていないと引張られて転びそうになる。

大通りを逸れて五分ほど歩き、町外れの踏切に出た。町の外縁を縫うように常磐線が走っている。町の規模は厚が幼なかったころとあまり変わっていない。子供が生まれても青年期になると都会に出る者が多いので、人口がそれほど増えることはなかったのだ。

踏切を渡ると、一面に田圃が広がっている。田圃は今、刈りとりを待つばかりの稲穂で、黄金色に染まっていた。田を仕切る畦道を通って七、八分のところに、川が流れている。その川に行くのが、厚とシロのほぼ決まった散歩コースだった。鮭の漁場があるのは、その川の下流だった。

川の両側にはかなり高い土手があって、土手の上には藪が続いている。藪の所々に人が通れるほどの抜け道がある。その抜け道を行くと、目のまえに広い川原が広がる。こちらの土手から向こうの土手まで、四、五十メートルはあるだろうか。実際に川が流れているのは真中の三分の一ほどだった。

水深は浅く、水は澄んでいた。川底の小石や藻などが、遠くからもくっきりと見える。上流には何ヵ所か小さな淵もあって、かつては町の子供達がそこで泳いでいた。付きそう親などはいなかった。たまには事故も起きた。それでも厚が子供のころ、町の人々は貧しく忙しくて、子供の遊びに構っている暇などはなかった。

リードを外してやると、シロは大喜びで川に飛びこんでいった。シロは川が好きだった。冬のごく寒い時期を除いて、進んで水の中に入っていく。水を蹴ったり小魚を追ったり、夢中で遊ぶ。疲れると厚の側にやってきて寝そべる。そしてしばらくするとまた遊びに戻っていく。

厚はその様子を眺めながら、ぼんやりと考えごとをする。大したことを考えるわけではない。川面に日が当たって輝く様や、水が小波を立てて流れる様を見ていると、自然にいろいろな想念が浮かぶ。一つの想念が続くこともあるし、脈絡のない思いが浮かんでは消えることもある。そういうものに身を委ねる時間が、厚は好きだった。

このごろはよく両親のことが浮かんでくる。ごく些細なできごとばかりだった。二人ともこの町で生まれ、この町で生きた。劇的なことなど何もないささやかな人生を送った。

裏庭にある井戸端に、まだ若かった母親がしゃがんでいる。母親は竹の子を洗っていた。親戚が届けてくれたもので、母親の周りには大きな竹の子が五、六本転がっていた。竹の子は掘り立てだから、切口が真白だった。

厚と妹達は母親を取りかこんで、じっと手元を見つめている。全部の竹の子を洗いおわった母親は、そのうちの一本を取りあげて、おもむろに皮を剥く。剥いた皮の表面をたわしで擦り、毛羽を取る。少し柔らかくなった皮の内側に潰した梅干しを入れ、くるりと三角に包む。

厚達はそれを貰い、三角の角に口を当てて、チューチューと吸うのだった。竹の皮の香りと梅干しの酸味が溶けあって、おいしかった。

あんなものをなぜおいしいと思ったのか、今ではただ不可解なだけだ。それでも母や妹達との懐しい思い出として、厚の中で大切なものになっていた。

父親については小学校の運動会のことをよく思いだす。父親が父兄参加の借物競争に出たときのことだった。父親は〝下駄〟という札を引いた。観客から首尾よく下駄を借りて、父親は先頭を走っていた。しかし途中でぱたりと足を止め、向きを変えた。なぜか貸してくれた観客のところへ戻っていく。下駄を片方しか持っていないことに気がついたのだ。観客席からどよめきが起こった。父親はもう片方の下駄も借りて走りだしたが、結局びりでゴールした。

父親は運動会が終わったあと、母親にさんざん叱られた。

「ばが正直にもほどがあっぺ。下駄が両方揃ってっかどうがなんて、誰も気にしね。本当に要領悪いだがら」

町の多くの人が見守る中で、夫がみすみすびりになったことが、よほど口惜しかったようだ。おとなしい父親は母親に叱られている間、面目なさそうにうなだれて黙っていた。それ以来、父親が運動会と名のつくものに出ることは決してなかった。

けれど厚はそんな父親が好きだった。父親は仕事に関しても同じように愚直だった。客に新しい自転車を勧めて買わせるようなことはしなかった。古い自転車が遣えるうちは、いつまでも丁寧に修理しつづけた。それでも今のような大型店はなかったから、一定数の新車は売れた。父親の日々の愚直な働きがあって、厚も妹達も高校を出ることができた。

母親はどう思っていたか知らないが、厚は父親の処世の下手さを軽蔑したことはない。厚が父親の店を継いだのは、親を安心させたかったこともあるが、親の生きかたを嫌だと思わなかったからだ。尊敬とまではいかなかったが認めていた。それに厚には親や故郷を捨ててまで何かしたいという野心が、それほどなかった。

何よりこの町が好きだった。小さな領域の中に、肉屋もあれば魚屋もパン屋もある。時計屋も洋品店もある。郵便局や銀行、役場には歩いていける。遊ぼうと思えばカラオケ店だって呑み屋だってある。暮らしに必要なものは、全部揃っているのだった。

通りを歩く人の顔はほとんど知っている。昼間玄関の鍵をかけずに外出しても、泥棒には入られない。寝るときに鍵をかけわすれたとしても、危険な目に遭うことはまずない。

厚は六十余年、この町からほとんど出ることなく暮らしてきた。出たのは短い旅行をしたときだけだ。しかも厚は旅行が好きではなかった。個人的な旅行は数えるほどしかしていない。団体旅行としては修学旅行や商工会の旅行に行った。いずれもさして楽しいとは思わなかった。毎日淡々と決まった日常をこなし、見慣れた風景の中を歩く。それが厚の性に合っているのだった。

父親から受けついだ店を、厚は結局大きくすることができなかった。というよりむしろ寂れさせてしまった。それでも何とか続けてこられたのは、梅子の助けがあってのことだ。梅子は内職をするだけでなく、合間に店に出ては接客を手伝ってくれた。梅子は社交的で愛敬のある性格だった。厚の不愛想を補う梅子の愛敬がなかったら、客の半分は逃げていたかもしれない。

梅子を妻にできたことが、自分の人生で最も幸せなことだった、と厚は思うことがある。大して魅力があるとも思われぬ厚を、梅子はなぜか中学生のころから好いてくれた。結婚したあとは、次々と三人の子を生んでくれた。厚はこれまで人に誇れるようなことは何もしてこなかった。同時にさしたる悪事も働かなかった。大袈裟に言うと、この世に生きた証というほどのものは何もない。そんなことを思い、ふと寂しさを覚えるとき、子供のことが頭に浮かぶ。

そしておれが残したのは三人の子供だけだなと、しみじみ思うのだった。

シロが厚の側に寝そべって、ハーハーと大きな息をしている。もう充分に遊んだようだった。

厚は立ちあがり、

「シロ、帰るか」

と声をかけた。

シロは厚を見上げ、尻尾を振って返事をした。

帰り道は来たときより急ぎ足になった。遠くの山の端に日が沈みかけている。濃い灰色の雲と残照の朱が、鮮やかな縞模様を描いている。厚は急いでいるのを忘れて足を止め、東の間空に見入った。この町は海に面しているのに、内陸には山が連なっている。日々の美しい景色には事欠かないのだった。

が、残照がなくなってしまえば、足元が見えにくくなる。そうなるまえに町外れの踏切に着きたかった。シロは厚の気持を察したのか、一度も立ちどまることなく歩いていく。シロが示す理解力に、厚はしばしば感嘆する。シロはいつでも今のように柔順なわけではない。厚の気持に余裕があると見れば、自分を主張して譲らぬこともあるのだった。

踏切に着いたころ、空から朱の色が消えた。空は薄い灰色の中に濃い灰色の雲が浮かぶだけになった。しかし町の中に入ると、点在する街灯と家々から洩れる灯のお蔭で、周りは明るかった。それでも人影はまったくない。無人の中を歩きながら、厚は子供のころと似たような寂しさを感じた。大通りまで急ぐ。

大通りに入ると車が走っていた。人影もある。厚はほっとする。家に着くと台所から物音が聞こえてきた。厚はさらなる安堵を覚える。

シロを繋いで家に入ると、食卓の上にはもう幾つもの皿が並んでいた。真中の大皿には鮭を切身にして焼いたものが乗っていた。その隣には山盛りのいくらがある。他には野菜の煮物、きんぴら、若布の酢物、漬物などがあった。ビール用のコップも出ている。厚の頬が弛んだ。

台所のコンロの上にはシロ用の鍋がかかっていた。梅子は毎日シロ用の夕食を作る。その日の食材の中からシロの食べられるものを選んで、御飯と一緒に煮る。シロは厚達とそう違わぬものを食べているのだった。

シロに夕食を持っていくのは厚の役目だった。シロの食器を洗い、鍋のものを移す。いつもの場所に置くと、シロはすぐさま食べはじめた。シロが勢いよく食べるのを見ると、厚は安心する。

しばらくシロを眺めてから、厚は家の中に戻った。

「お父さん、ビール出して」

梅子に言われて、厚はいそいそと冷蔵庫に向かった。

白い花

中学生のときのことだ。もう五十年余りまえのことになる。

友人の一人が、仲間三人に旅行の土産を買ってきた。さまざまな用途に遣える縦横三十センチほどの布の袋だった。三つとも同じ柄だったが、色が違っていた。黒と紺、そして薄茶だった。

「どれがいいか、三人で決めてくれ」

とその友人は言った。

すると仲間の一人が間髪を入れずに、

「おれ、これがいい」

と言うなり、さっと手を伸ばした。そして黒のを取った。

谷川は唖然とすると同時に、むっとしていた。彼は特に黒がいいと思ったわけではなかった。しかし他の者の意向を顧みることなく、自分の欲しいものを取るという行為が、不愉快だった。しかしそんな思いを口に出す率直さも、彼にはなかった。谷川はもやもやとした思いを抱えて、岡本のほうを見た。岡本も自分と同じような気持でいるのではないか、と思ったのだ。

けれど岡本の顔には、不快感も困惑の色も表れていなかった。いつもの穏やかな微笑を浮かべていた。谷川の視線を感じたのか、岡本はこちらを向くと、

「谷川、君も好きなのを取っていいよ」

と言った。

「でも、それじゃ」

谷川が言いかけると、

「本当にいいんだよ。ぼくは残ったのでいい」

重ねて言う。口調も穏やかで、無理をしているような様子はなかった。

自分の不快感も忘れて、こいつはいったいどういう奴なんだ、と谷川は思った。自分の心が狭いとは思わなかった。が、心のどこかで、岡本みたいにできたら。そのほうがいいな、とちらりと思った。それが谷川の、岡本に関する一番古い記憶だった。

谷川は中学に入るときこの市に越してきた。新聞記者だった父の転勤で、福島市から海添いの小都市へ移ったのだった。同級生達の小学校時代は知らない。

三人の仲間とは部活の美術部を通して親しくなった。クラスはみな別々だったが、放課後になると、毎日のように美術室に集まった。

谷川はそれほど絵を描くのが好きというわけではなかった。ただ運動部の雰囲気が嫌いだったので、仕方なく入った。部室では適当にデッサンをしたり、人の絵を覗いたり、お喋りしたりして過ごしていた。それはそれで結構楽しいものだった。

が、岡本は違った。毎日呆れるほどの熱心さで絵を描いていた。誰かに話しかけられない限り、自分から口を開くことはなかった。岡本が描くのは決まって風景画だった。特に樹木や花の絵が多かった。

あるとき谷川が、

「おまえ、よっぽど絵を描くのが好きなんだなあ」

と話しかけると、岡本は、

「好き？　そうなのかな」

と言って首をかしげた。それからしばらくして、

「こうしていると気持が落着くんだよ」

と答えた。

「気持が落着くってどういう意味だ。好きとは違うのか」

さらに訊くと、

「さあ、どうなのかな。もちろん好きなことは好きなんだよ。でも気持が落着くほうが大きいかな」

と考えながら答えた。

岡本はいつも何かを考えているように見えた。よく考えず、不用意に言葉を発するということは、決してなかった。

谷川は岡本の答に興味を覚えた。谷川自身に悩みというほどのものはなかった。学校の成績はよかったし、家庭も居心地がよかった。あえて気持を落着かせる必要など、感じたことはない。正直なところ、岡本の言うことはよく分からなかった。

仲間達とは休みの日、よく一緒に過ごした。映画を観ることもあったし、自転車で野山を駆けめぐることもあった。近くの川で魚を釣ったりすることもあった。しばらくの間はみな同じようなつきあいで、親しさに差があるということはなかった。しかし谷川の中で、次第に岡本に対する気持と他の二人に対する気持が違ってきた。他の二人はただ友達だったが、岡本にはなぜか心が惹かれるのだった。

土産のときもそうだったが、四人で何かを決めるとき、岡本は決して自分を主張しなかった。いつも、

「ぼくはみんなのいいようでいいよ」

と言うのだった。

そうは言いながらも、岡本にも内心には自分の希望があるのを、谷川は知るようになった。それは口調の微妙なニュアンス、表情の一瞬の翳り、そういうものに現れる。けれどそれは大変控え目で遠慮深いものだったから、他の二人には通じなかった。岡本の希望は大概無視されることになった。谷川はいつの間にか、岡本の気持を察して庇うようになっていった。

それは無理してやっていることではなかった。谷川の自然な気持だった。が、時としてじれったく感じることはあり、

「おまえ、どうして自分はこうしたい、ああしたいって、はっきり言わないいんだよ」

と訊いたりもした。

すると岡本は少し困ったような、はにかんだような表情を浮かべ、

「言わないいんじゃないいんだ。言えないいんだよ」

と答えた。

谷川は自分でも不思議だったが、岡本のはにかんだような表情を見ると、いつも心を動かされるのだった。そのときもその表情を見て、納得したような気分になり、

「そうか」

と応じた。それじゃ仕方ないよな、と心の中で呟いた。

谷川は自分の周りで、岡本のようなはにかんだ表情を浮かべる者を、他に見たことがなかった。

谷川はかつては自分も、はにかんだ表情を浮かべたことがあるような気がした。多分幼稚園のころまでは。しかし小学校に入り、集団の中で揉まれるうちに、急速になくした。なくしたというよりは心の底に押しかくした。そんなものを見せれば他人に付けこまれるだけだ、と幼いながら思ったのだ。そして中学生になるころには、はにかむという気持自体がなくなっていた。

それでももしかしたら、谷川は自分がなくしたものを、大切なものだったとどこかで思っていたのかもしれない。それが岡本の表情に心が惹かれる理由のような気がした。

谷川がなくしたもので岡本が持ちつづけているものは、他にもあった。それは澄んだ目だった。中学生になると、谷川だけでなく澄んだ目を持ちあわせている者などいなかった。岡本の澄んだ目もまた、谷川にとっては不思議なものだった。

岡本は振舞が遠慮がちなだけでなく、要領も悪かった。集団の中でどう動けばいいのか、よく分からないようだった。いつもどこかがぎくしゃくしているように見えた。

学校の中でいかにも苛められそうな存在だった。しかし岡本が苛められることはなかった。

その理由は岡本が勉強がよくできたからだった。三百人近くいる同級生の中で、岡本は常に一番の成績を修めていた。それも二番に大差をつけての一番だった。

中間試験や期末試験の成績は、毎回職員室まえの廊下に貼りだされた。同級生達はそこを通るたびに、岡本の名を目にすることになる。それはみなの心に自然と敬意を抱かせる、充分な効果があった。

しかも岡本には自分の成績を鼻にかけるような素振りはまったくなかった。どちらかというと、居たたまれないような様子で、貼り紙から目を逸らして足早に通りすぎる。そんなことも同級生達から、岡本を苛める気持をなくさせる理由だったかもしれない。

中学校を卒業したあと、谷川と岡本は市内にある県立高校に進んだ。男子校で、周辺の中学から成績のよい生徒が集まる学校だった。中学時代の仲間のうち、あとの二人は別の高校に進んだ。市内には工業高校もあったし、商業高校もあった。

県立高校ではあったけれど、学校は一年生のときから受験を意識した教育をしていた。市内にはこれといった塾などもなかった。学校がやらなければ、せっかく集まった生徒をいい大学へ進ませることはできないのだった。教師達はみな優秀だった。東北大学か東京教育大学を出ていた。谷川も岡本ものんびり絵を描いているような時間はなくなっていた。

それでも学校には体育祭や音楽祭、卒業生を送る会などの行事はあった。谷川はずっと学級委員として行事に関わった。けれど岡本が行事などで目立った活動をすることはなかった。

高校でも岡本の成績はよかった。中学のときのように常に一番というわけにはいかなかった。が、学年で三番を下ることはなかった。五百人いる同級生の中で岡本の名を知らぬ者はいなかった。しかし岡本は学級委員に選ばれなかった。人まえに出るのを好まず、しばしばはにかんだような表情を浮かべる岡本が、学級委員には向かないと級友達は思ったのだろう。

受験の重圧があったとはいえ、谷川達には中間試験や期末試験のあと、映画を観に行く程度の余裕はあった。谷川と岡本はクラスが違ったから、ふだんは顔を合わせる機会が少なかった。だから試験のあとは必ず誘いあわせて映画を観に行った。その行きかえりに、日頃の埋めあわせをするように夢中で話をした。

と言っても喋るのは主として谷川だった。岡本は穏やかな表情を浮かべて相槌を打っていた。それでも岡本は充分に楽しそうに見えた。

夏休みなどにはどちらかの家へ遊びに行くこともあった。谷川の家は借家だったし、大きさもごくふつうだった。けれど岡本の家は医院と住居が一緒になった、古めかしい大きな家だった。岡本の家は三代続く内科医院だった。

谷川が遊びに行くと、岡本の母親がいつもケーキと紅茶を出してくれた。谷川が初めてカシューナッツというものを食べたのも、岡本の家だった。もの静かで口数の少ない母親で、雰囲気が岡本とよく似ていた。

岡本は自分の部屋を持っていた。そのころの田舎の高校生としては珍しいことだった。十畳ほどの和室だったが、どっしりとした絨毯が敷いてあった。そこに机と本箱、それにベッドがあった。谷川達はベッドに並んで坐り、お喋りの合間に蓄音機でレコードを聴いた。

谷川は当時流行のアメリカンポップスが好きだった。しかし岡本はクラシック音楽を好んだ。特にバロック音楽が好きなようだった。岡本はクラシック以外のレコードを持っていなかったから、自然にそういうものを聴くことになる。

あるときバッハを聴いている途中で、谷川が、

「こういうのって、ちょっと退屈じゃないか」

と言った。

すると岡本はひどく驚いたような顔をして、

「退屈だったの？　ごめん。全然気がつかなくて」

と謝り、そそくさとレコードを止めた。それから小さな声で、

「心が落着くものだから、つい掛けてしまって」

と呟いた。

このときも谷川はどうしてわざわざ心を落着かせる必要があるのか、と思ったのを憶えてい

る。随分あとになって、岡本の心はいつも小波のように揺れているのだ、と理解するようになった。

岡本にはなぜか人を恐れるようなところがあった。岡本の家庭にそうさせる何かがあるとは思われなかった。多分岡本が生まれもった特質なのだろうと谷川は思った。

高校生のころはまた、二人とも知識欲が盛んだった。勉強の合間を縫ってはせっせと本を読み、会えばそれについて語りあった。谷川は思想書や歴史の本、小説などを読んだ。岡本は心理学の本や哲学書、物理学の本が好きだった。それに詩や小説もよく読むようだった。二人の好みが重なることはあまりなかった。それでも二人は気にしなかった。それぞれが自分の感想を語り、それを相手に受けとめてもらえるだけで充分だった。

あるとき岡本が、

「このごろ、ぼく、この本に凝ってるんだ」

と言って、小さな本を見せてくれた。中原中也の詩集だった。

谷川はとっさに、

「ふーん」

と応じてしまった。

中也の詩集を通して読んだことはなかった。二、三の有名な詩を知っているだけだ。しかし何となく肌に合わぬと思っていた。岡本の好きなものを貶すつもりはなかった。が、苦手と思う気持が声に出てしまった。

岡本は困ったような表情になり、しばらくもじもじしていたが、詩集をそっと机の引出しにしまった。

「ごめん」

と谷川は言った。

岡本はすぐに笑顔になり、

「いいんだよ」

と穏やかに答えた。

そのあと岡本が谷川のまえで中也の話をすることはなかった。後年谷川はそのときのことを思いだすたびに、なぜ中也はいいねと言えなかったのか、と悔んだものだ。

岡本が谷川の好きなものに対して、否定的な言動をすることは決してなかった。谷川に対してだけでなく、岡本は誰に対しても否定的なことは口にしなかった。谷川は日頃自分が割合に心遣いのできる人間だと思っていた。けれど岡本といると、自分が大変がさつな人間であると感じるのだった。

三年生になると、クラスは文系と理系で分けられるようになった。谷川は文系を選び一橋大学に進んだ。経済を専攻して、将来は銀行か証券会社で働きたいと思っていた。岡本は理系で東京大学に進んだ。医学部ではなく理学部を選んだ。岡本には妹が一人いるだけだったが、医者にならぬことに対して、親の反対はないようだった。

「ぼくは医者には向いていない。人と接するのが苦手だし、大学に残って研究者になりたいと思っている」

と岡本は言った。

「そうだな。そのほうがおまえには向いているかもしれないな」

と谷川は応じた。

白衣を着て、何かを一心に研究する姿が、岡本に大変似つかわしいような気がした。

大学生活を、谷川と岡本はそれぞれ自分らしいありようで送った。二人の学生時代は全国の大学で学生運動が盛んな時期だった。谷川も関連する本を次々と読んでは、友人達と議論した。特定の組織には入らなかったが、デモや集会にはよく参加した。

岡本のいた大学は谷川のところよりずっと運動が激しかった。岡本は運動を主導する組織の一つに心を動かされたようだった。が、実際にデモに参加したり集会に出たりすることはないようだった。人と議論もしなかった。岡本は人の言葉を否定したり、反論したりするのが苦手だった。これでは人と議論することは難しかったに違いない。

大学が封鎖されている間、岡本は下宿に籠もってひたすら本を読んでいたようだ。そんな岡本を心配して、谷川はときどき都心に出た。喫茶店に呼びだして話をした。谷川は酒が好きだったが、岡本は呑まなかった。居酒屋などには誘いにくかった。

谷川に会うと、岡本ははにかんだような笑顔を浮かべた。大学生になっても岡本ははにかむという感性を失っていなかった。

「少しは大学に行っているのか」

谷川は訊く。

「あまり行っていない。行っても居場所がない」

岡本が答える。

「授業がなくても、友達と会って話をするとか一緒に遊ぶとか、することはあるだろう」

谷川が重ねて訊く。

「そんなに親しい友達はいない」

岡本は困ったような顔になる。

「女の子はどうだ。デートはしないのか」

「しない」

岡本は慌てたように答える。

「おまえ、大体女の子を誘ったことはあるのか」

谷川が無遠慮に訊くと、

「ない」

小さく答えて顔を赤らめた。

「そうか」

谷川は呆れるような納得するような気持になって溜息をついた。

谷川自身は近くにある女子大学の学生と、頻繁にデートしていた。しかも次々と相手を変えて平気だった。

谷川達が大学を卒業するころ、学生運動は急速に下火になっていた。学内はかつての騒ぎが嘘のように静かになった。卒業後、谷川は希望どおり都市銀行に就職した。岡本も志に従って大学院に進んだ。岡本の専攻は地球物理だった。地球の成りたちや地震の起こる仕組などに興味があるようだった。

就職すると谷川はとたんに忙しくなった。日本経済は隆盛期を迎えようとしていた。仕事場は活気に溢れ、定時に仕事が終わることはなかった。休みの日は疲れきって昼過ぎまで寝ていた。東京近郊には住んでいたが、岡本とも学生時代のようには会えなくなっていた。

それでも谷川は岡本に連絡を取りつづけ、年に二、三回は顔を合わせた。岡本は研究に没頭しているようだった。岡本には何かに没頭すると、他のことが眼中になくなる癖があった。それがますます顕著になっていくようだった。服装にも食事にも気を配る様子がなかった。

谷川は給料が上がるにつれて住居を替えていった。けれど岡本は博士課程に進んでも、学部時代と同じ下宿に住んでいた。そのことに何の不満もないようだった。そんなことより二十代の半ばを過ぎてもまだ親の仕送りを受けていることを、恥ずかしがっているようだった。谷川なら親が裕福なのだから、多少のことはいいだろうと考えそうだった。

岡本の暮らしぶりを見ていると、彼は本当に物欲がないのだな、と谷川は思うのだった。

そのあと、谷川は一時期東京を離れた。大阪に転勤になった。岡本は博士号を取って、アメリカに行くことになった。研究員として西海岸にある大学に滞在するのだった。

渡米のまえに岡本は結婚した。親の勧める見合い結婚だった。相手は同郷の人で、高校の教師をしている人だった。岡本の両親は息子をよく理解していた。自立できるしっかりした女性を選んだようだった。

岡本は、

「ぼくのような貧乏学者でもいいと言ってくれるんだから、ありがたいよ」

と淡々と語っていた。

けれど声音のどこかに嬉しさが籠もっていた。相手が気に入ったということなのだろうと谷川は思った。

谷川は岡本より一年遅れで結婚した。相手は学生時代からつきあっていた女性だった。

岡本は滞米中で谷川の結婚式に出ることはできなかった。アメリカから頻りに済まながる手紙が届いた。その手紙の中にはこんなことも書いてあった。

〝ぼくは日本語だけでなく、英語でもノーと言うのは苦手です。でもぼくの英語論文を直してくれているアメリカ人女性は、間違いを見つけると、ノーノーノーノーと四回も続けて言います。ぼくには信じられないことです〟

それを読んで谷川は大いに笑った。ノーを連発されて、大きな目を瞠り、呆然としている岡本の顔が目に浮かんだ。

そうした居住地の隔たりや子供を育てる忙しさを経て、二人がまた頻繁に会うようになったのは、四十代も半ばを過ぎてからのことだった。谷川は本店の部長になり、岡本は東京にある私立大学の教授になっていた。

二人は仕事のあとに、居酒屋や小料理屋で会った。岡本は少し酒を呑むようになり、居酒屋や小料理屋の雰囲気も嫌いではないようだった。初め谷川はホテルのバーで会うことを提案した。が、岡本は気乗りしないようだった。

「何となく緊張するんだよ。バーテンがそれとなく客の品定めをしているような気がする。それに客達の、肩で風を切るような様子も苦手なんだ」

と言っていた。

そういうとき、岡本はいつもセーターやTシャツの上に、地味なジャケットを着ていた。学生のころと大して違わない服装だった。居酒屋に坐っていて、何の違和感もなかった。しかし谷川は職業柄、常にピシッとアイロンのきいたシャツに高級スーツを着ていた。居酒屋にいると少し浮いた。けれど岡本の尻込みを無視して、ホテルのバーなどで会うわけにはいかなかった。

二人はお互いの仕事について話をした。しかし、それよりは政治や歴史、文学について話をするほうが多かった。二人の本好きや知識欲は、高校生のころとさほど変わっていなかった。気心の知れた相手と、自分の感じたことや考えたことを心置きなく話せるというのは、大変楽しいことだった。

二人とも家族の話はあまりしなかった。二人はそれぞれ子供のいる円満な家庭を築いていた。話題にするのを避けなければならない理由はなかった。しかし岡本はなぜか家族の話をするのを好まなかった。

岡本にとって家族は、気軽に口にできないほど大切な存在なのだろう、と谷川は感じた。ほとんど人に心を開くことのない岡本にとって、家族は唯一深い関わりを持つことのできる存在なのだろう、と谷川は思うのだった。

岡本は研究を続ける中で、ふつうなら特許を取るような開発や発見を、いくつかしたようだった。が、特許は取らず、そのまま論文として公開した。

「どうしてだ。かなりのお金になるだろう」

谷川が言うと、岡本は、

「いいんだよ。ぼくはお金を儲けるために仕事をしているわけじゃない。それに特許という考えかた自体に、ぼくは違和感を感じるんだよ」

と答えた。

岡本の暮らしは決して裕福とは言えないものだった。大学教授の俸給は多くない。親の遺産は全額医院を継いだ妹に渡していた。

住居は都心を少し離れた場所にあるマンションだった。

「お金が入れば、もっと楽な暮らしができるのに」

他人事ながら惜しい気がして、谷川が言う。

「いいんだよ。ぼくはふつうの暮らしができればそれでいい。きらびやかなことは性に合わないんだよ」

と言うのが岡本の答だった。

特許を取らぬという岡本の方針は、大学内でも評価はされないようだった。

ともあれ岡本はこつこつと研究を続け、地味ながらいい論文を発表しつづけた。研究は好きでも授業は苦手のようだった。

「ぼくは授業の中でおもしろい話なんかできない。教えているとつい夢中になって、延々と専門の話ばかりしてしまう。ぼくの授業は学生達にあまり人気がないんだよ」

そう言って苦笑していた。

谷川は六十歳で都市銀行を退職し、系列会社の役員になった。岡本の大学の定年は七十歳だったから、彼は以前と同じように研究を続けていた。

大学の中にも政治はあるし、権力争いもある。岡本はそういうものとは無縁だった。学部長などになることはなく、ずっと一介の教授で通していた。後輩が要職に就いても、岡本本人は気にする様子がなかった。

「ぼくは人を動かしたり支配したりするのに向いていない。好きな研究ができればそれでいい」

そう語る口調に虚勢も卑下もなかった。己れをよく知る人の言葉だった。

谷川が岡本から肝臓ガンが見つかったと知らされたのは、彼らが六十三歳になるころだった。岡本は手術を二度受け、入退院を繰りかえし、三年の闘病生活を送った。闘病中も岡本は体調の許す限り大学に出て、研究を続けていた。

岡本の入院中、谷川はたびたび見舞に行った。病気の話はしなかった。岡本が話すのを好まなかった。愚痴もいっさい零さなかった。代わりに歴史や文学の話をした。岡本は安部公房や石川淳が好きだった。彼らの話をするとき、岡本は実に嬉しそうな顔になった。谷川は岡本の笑顔が見たくて、安部公房や石川淳の作品を、せっせと読みかえした。

最後に見舞に行ったとき、谷川はベッドからこちらを見上げる岡本の目が、あまりに澄んでいるのに胸を突かれた。二重瞼の大きな目は、谷川が中学時代に心を動かされたときと、変わっていなかった。還暦を過ぎた男の目とは、とても思われぬ目だった。

その目を見たとき、世の中をおずおずと渡っているような岡本だったが、最後まで己れの精神を汚《けが》すことなく生きぬいたのだな、と谷川は思った。岡本はときどき自分を弱い人間だから、と口にすることがあった。しかし一生を汚《よご》れずに生きとおすなんて、弱い人間にはできないことだよ、と谷川は心の中で話しかけた。

五十年に及ぶ交遊への思いが溢れて、谷川は言葉が出なかった。岡本のまえで動揺を見せまいとするのが、精一杯だった。そんな谷川に向かって岡本が言った。

「谷川、ぼくのような人間と、ずっと友達でいてくれて、ありがとう」

穏やかな、温かな声だった。

周りに岡本の家族がいなかったら、谷川は号泣していたに違いない。

岡本の通夜は、都心の葬儀場で行なわれた。現役のまま亡くなったから、列席者は多かった。けれど静かで控え目な式だった。

帰り道、谷川は駅まえで友人達と別れた。そのまま電車に乗りたくなかった。しばらく一人で歩きたかった。次の駅に向かって、谷川は黙々と歩きはじめた。

父親が死んだときも、母親のときも谷川は泣かなかった。無論悲しくはあったけれど、齢の順として淡々と受けとめた。

しかし谷川は今、静かに泣いていた。自分が泣いていると気づかぬほどの、静かな涙が頬を伝っていた。人通りが多かったが、気にはならなかった。

「おまえ、男なのに、白い花みたいなやつだったなあ」

そう心の中で呟くと、新たな涙が溢れた。

暖かな日に

東山は書斎で机の引出しを整理していた。手紙や葉書を入れる引出しが一杯になって、開けるたびに何かがつかえる。やむなくの整理だった。

東山は机から引出しを抜き、床の上に置いた。床に胡座をかいて、中身を一つ一つ点検していく。どれも簡単には捨てられぬものに思えた。が、意を決して選別していく。何十年もまえに親しくつきあい、もう親交の跡絶えた人のものを選んで捨てていく。けれどいざ手に取ると、それを貰ったときのことが甦り、作業がはかどらない。

そんな整理が半ばまで進んだときだった。ひょっこりと父からの葉書が出てきた。滅多に便りなど寄越さぬ父からのものだから、取ってあった。四十年以上まえのもので、東山はまだ学生だった。内容は将来のことで焦る東山を、諌めるものだった。

東山にはあまり記憶がなかったが、多分将来の仕事選びや何かで焦っていたのだろう。それを心配した父が寄越した葉書だった。父はふだん無口で、ほとんど人に助言などしたことがない。そんな父からのものだったから、東山は感じるものがあったのだ。色褪せた父からの葉書を手に取り、東山は懐しく眺めいった。

東山の父親は福島県の田舎町で、乳業を営んでいた。町は太平洋に面しているのに、地形は北西に細長く延びて、先端は山間部に達する。山間部では畜産業が盛んだった。乳業を営むにはよい環境だった。父の主たる業務は、農家から集めた生乳を加熱殺菌し、瓶詰にして売ることだった。夏場にはアイスクリームやアイスキャンデーなども作っていた。商売は祖父の代からのもので、近隣の町村に商売敵もなく、安定していた。

東山が子供のころ町外れにある工場を訪れると、父はいつも一心不乱に働いていた。生乳の殺菌や瓶の消毒は、一歩間違えば人命に関わるものだった。一連の作業はまだ完全に機械化はされておらず、手作業による部分が多かった。今よりずっと間違いの起こりやすい状況だった。父はそうした衛生面に、殊のほか厳しかった。二十数名いる従業員は、父の叱咤を受けて、常にぴりぴりと張りつめた顔で仕事をしていた。

そんな父だったのに、商売が好きなわけではないようだった。朝仕事に向かうときも、夕方仕事から帰ってくるときも、むっつりと詰まらなそうな顔をしていた。夜は夕食を摂るとすぐに自室に籠もり、本を読んでいた。家族とテレビを観たり、談笑したりすることはまったくなかった。

父の部屋の書棚にはずらりと本が並んでいた。乳業に関する本や経済に関する本も、あるにはあった。しかし書棚の大半を占めているのは、数学や物理の本だった。一介の中小企業の経営者が、なぜそんな本を読むのか。東山は子供心に不思議に思ったものだ。しかし東山は父に理由を尋ねたことはない。父も語ることはなかった。

けれど東山が高校生になったあるとき、叔母がこんな話をした。

「兄さんはな、本当は一高がら帝大さ進んで、物理学者になりでがっただ。旧制中学での成績も抜群によくてな、先生は一高さ推薦するがらって言っただ。んだげんと商売の家の一人息子だがらな、父さんが絶対に許さねがった。東京さやれば、もうこごさは帰ってこね。父さんも必死だっただ。あのころ兄さんは進学が諦めきれねくてな、裏の河原さ坐って毎日泣いでだだ。兄さんは元々商売なんか嫌いだしな。第一向いでねべ。不器用で生真面目で、嘘なんかひとっつもつけねだど。ほんな人が商売なんかうまいはずねえ」

東山にとって叔母の話は大きな意味を持った。そのあと父親の仏頂面を、それほど不快に思わなくなった。父親が毎日どんな気持で働いているのか、と想像するようにもなった。

父親はあまり酒を呑まなかった。が、人づきあいは嫌いではなかった。町の商工会や同級生の宴会にもよく出ていた。商工会では役職を引きうけ、骨身惜しまず働いていた。

人づきあいがよかったからか、夜になると家には始終父の友人達が遊びに来た。そういうときも、父はあまり喋らなかった。ただ笑顔で人の話を聞いていた。客達は勝手に酒を呑み、賑やかに騒いで帰っていった。

客が来ると、東山達家族は隣の部屋で食事をした。あるとき客が父に向かってこんなことを言うのが聞こえた。

「明ちゃんはな」

明ちゃんというのは父のことだ。名を明彦といった。友人は大概子供のころからの知りあいだ。大人になっても互いにちゃんづけで呼びあっていた。

「明ちゃんはな、何に対しても公平などごがいい。私利私欲でものを言わね。人は大概私利私欲でものを言うもんだ。商売してれば尚更だ。ほれは仕方ね。商工会の会合ではな、人の話はいづでも眉さつばつけで聞かねっかなんね。この人は裏でどんな計算働がせでんだべな、どごをどうまぐごまがしてんだべなって。んだげんと明ちゃんは違う。明ちゃんの話は安心して聞ける。本当に町のごど考えでんのが分がっからな」

友人の話にはお世辞も含まれていただろう。しかし東山は半分以上が本当のような気がした。その評は東山が父に対して抱く感想と違わなかったからだ。そうではあるけれど、それは褒め言葉とばかりも言えぬ気がした。父への評は裏を返せば商売人としては不適格ということだったからだ。

しかし父本人はただ、

「そうか」

と受けて、愉快そうに笑っていた。

父親が友人の言葉をどう受けとったのか、東山には分からない。が、いずれにしても東山の知るかぎり、父が他人の言葉に腹を立てるということはなかった。他人の言葉の裏を詮索することもなかった。それが人がいい故なのか、図太くて強いからなのか、東山に言うことはできない。東山はあまり父に似ぬ子だった。

他人の言葉を疑わぬためか、父は大変騙されやすい人だった。誰かにお金を貸して、踏みたおされることはしばしばだった。他人の口車に乗って怪しげな起業に出資し、大金を失った。従業員に商売道具のトラックを貸し、事故を起こされたりもした。修理代を払うのは父だった。他人の保証人になり、借金の肩代わりをしたこともある。

父は他人を疑わぬだけでなく、人に何か頼まれると、否と言えぬ性格だった。損をするたびに母に責められ、黙ってうなだれていた。それでもその本質が変わることは、決してなかった。

父の失策の多くは、父のしている商売とは直接関係のないことだった。しかし東山には大きく見ればやはり、商売をしているという環境と無縁ではないような気がした。父の姿を見ているうちに、東山は商売人という生きかたが、つくづく嫌いになった。父の仕事を継ぐ気などは、まったくなかった。

父のほうでも長男の東山に向かって、商売を継げとは一度も言わなかった。高校生になった東山が東京の大学に進みたいと言ったとき、父は何も言わずにただ大きくうなずいた。叔母の話を心に留めていた東山は、父が息子には自分と同じ思いをさせぬと、固く決意しているのを感じた。

父は商売下手ではあったが、東山には四年間充分な仕送りをしてくれた。父自身が自分のためにお金を遣うことは、ほとんどなかった。旅行も好きではなかったし、これといった道楽もなかった。日々の暮らしに事欠かなければ、それでよしとしているようだった。父の唯一の贅沢と言えば、本を買うことだった。

東京で恵まれた学生生活を送りながら、東山はふと父のことを考えることがあった。父はいったい何を楽しみに生きているのだろうと思った。子供のころから父の世渡り下手を見つづけたにもかかわらず、東山の中にはなぜか確固とした父に対する敬意があった。それは父の人間としての本質に対する敬意だった。

父に報いるにはきちんと勉強し、きちんと就職しなければならない、と東山は思った。東山の中でその思いがぶれることはなかった。

父が還暦になる少しまえのことだった。故郷の町にちょっとしたできごとがあった。町外からショッピングモールを作りたいという人物が現れたのだ。モールを作るにはかなりの土地が必要だ。町の中心部に作るのは無理だった。その人物が目をつけたのは、町の周辺部にあり、かつ誰もが歩いていける土地だった。父の工場はまさにその場所にあった。

買収の話があったとき、父は実にあっさりと応じる決意をした。元々商売が嫌いな上に後継者もいない。父は次男である東山の弟にも、商売を継がせる気はなかった。迷う理由はなかったのだ。

しかしそれを決めるとき、父は一言も東山に相談しなかった。大手電機会社に就職して一人前になっていた東山には、何らかの相談があってもよさそうだった。が、東山が知らされたのは、すべてが決まったあとのことだった。それも母からの電話によってだった。結局、父の口からは何も聞くことがなかった。

父の工場の土地は、田舎町のこととて坪単価は低かった。しかし敷地面積は広かった。父は結局八千万円あまりのお金を手にした。売却のとき、父はいっさい値段の交渉をしなかったという。相手の言い値をそのまま受けいれた。周囲の地権者の中には、粘って坪単価を釣りあげた者もいた。もったいないことをしたと言う人に向かって、父は答えた。

「ショッピングモールができれば町が活性化する。今のままでは若い者が休みの日に遊ぶ場所もない。うちの土地はいずれ誰かに売るつもりだった。自分で作った財産でもない。今の値段でも高いぐらいだ」

その話を東山は母から聞いた。父は将校として軍隊生活を送ったせいか、あまり方言は遣わなかった。

父は手にしたお金を大事に持っていれば、年金と合わせて楽な暮らしができたはずだ。が、そうはならなかった。父が大金を手にしたことは、町の人々がみな知っていた。父の性格もまた人々に周知のことだった。

父に借金を申しこむ者、怪しげな商売を勧める者、そういう者達が後を断たなかった。そして父はそのいずれに対しても、否と言うことができなかった。ここまで来ると、否と言えぬだけでなく、進んで口車に乗ってしまうところが、父にはあったのかもしれない、と東山は思うようになった。

父が手にしたお金は数年できれいになくなった。なくなっただけではない。銀行から融資まで受けていたから、すべての事業を精算したとき、最終的に一千万円を超す借金が残った。年金で暮らしは立つものの、借金は返せなかった。利息も払えなかった。

離れて暮らす東山が話を聞いたのは、このときもすべてが終わってからのことだった。父はやむを得ず、外に働きに出ることになった。ずっと経営者として生きてきた父が、友人のセメント工場で肉体労働をするのだった。しかし父はそのことに関して、愚痴は零さなかった。かなりの重労働を黙々とこなしていると、母が伝えてきた。

父は何も言わなかったが、母は電話で東山に窮状を訴えた。聞くたびに東山は辛い思いを味わった。そんな状況を作った父に対して、初めて腹が立った。腹は立ったが、父親を軽蔑したりすることはなかった。気持のどこかで父なら仕方がないと思っていた。父に対する敬意が減じることもなかった。

親達をこのまま放っておくわけにはいかなかった。しかし東山は一介の若いサラリーマンに過ぎなかった。一千万円というお金を、簡単に用意できるはずもなかった。しかも東山はそのころもう結婚していて、自分の家のローンも抱えていた。

ただ妻の実家が裕福だった。東山は恥を忍んで義父に借金を申しこんだ。すぐには返せないが、両親亡きあと故郷の家屋敷を売って返済すると告げた。万が一返済が義父母の存命中に間に合わなかったら、彼らの娘である東山の妻に返すと約束した。ばかげた話のようだったが、東山は何とかして筋を通したかったのだ。義父は何も言わずに承諾してくれた。

父の借金を返済する一連の手続きが終わったとき、父は東山に向かって一言、

「済まん」

と言った。

東山はそれで充分に報われたような気がした。そう言ったときの父の顔に、多くの思いが表れていたからだ。


借金がなくなって、父は働きに出る必要がなくなった。父は大変穏やかな顔になった。午前中は本を読み、午後は野山に写生に出かけた。

八十歳で亡くなるまで、父は老耄とは無縁だった。しかし齢を重ねるごとに、世俗への関心をなくしていった。そんな父を見ながら、東山は心の内で呟くことがあった。そうだよね、父さん、父さんは昔から世俗的なことは苦手だったよね。

父親が亡くなったときも、その顔を覗きこみながら東山は呟いた。父さん、よかったね、もう苦手な世渡りはしなくていいんだよ。

東山には父親がせいせいした顔をしているように見えた。

父の死から十数年の時を経て弟が亡くなったときも、東山は同じような思いを抱いた。

弟は東山と違い、容貌も気質も父に似ていた。東山とは五歳の年の差があった。五歳も離れていると、家の中で一緒に遊ぶということはほとんどなかった。東山が幼稚園に通っていたころ、弟はまだ赤ん坊だった。幼稚園を出て小学校に入ると、東山の関心はほぼ学校のことで占められてしまった。日々の授業や宿題、先生や友達との関係、頻繁にある行事。そのころのことをいくら思いかえしてみても、弟のことは記憶にない。

中学や高校に進むと、東山の一日はますます学校のことで占められるようになった。中学生のとき、東山は野球部に入っていた。放課後は毎日暗くなるまで練習した。くたくたになって家に帰ると、あとは夕食を食べて風呂に入り、寝るだけだった。高校は片道二時間もかかるところに通った。毎日早朝に家を出て、夕方遅くに帰った。そんな生活の中で、弟に限らず家族との接触は非常に限られたものになった。

弟についての数少ない記憶は、彼が鉄棒やマット運動が得意だったことだ。それに勉強がよくできたことだ。東山も勉強はできたほうだが、弟の成績は群を抜いていた。父親は弟のことを語るとき、いつも嬉しそうに目を細めていた。得意とする運動の種類や勉強好きが、自分に似ていると思うらしかった。

父親は東山の望むことを何でも後押ししてくれた。が、弟のことになるとさらに力が入った。父は弟のために庭に鉄棒を作った。廊下にマットを敷きつめて、いつでも倒立や宙返りができるようにした。勉強は弟が進んでしたから、手助けする必要がなかった。

東山が大学に入って故郷を離れたとき、弟はまだ中学生だった。東京で暮らす東山は、新しい暮らしに心を奪われ、故郷への関心は薄れた。ときどき父母のことを考えることはあったが、弟のこととなると、ほとんど思いだしもしなかった。

夏休みや冬休みには帰省したが、そのときも弟と一緒に過ごすことはなかった。東山はかつての同級生達と誘いあわせ、遊びまわっていた。それに今度は弟が部活で忙しくなっていた。弟は中学で剣道部に入っていた。剣道も父の得意なものだった。

家の中で東山が弟と言葉を交すことはもちろんあった。けれどそれはただの日常会話に過ぎなかった。東山にとって中学生の弟は、話相手にもならぬ子供だった。

東山が弟にきちんと目を向けるようになったのは、弟が大学進学を考えるころだった。そのころ東山は大学を卒業し、就職したばかりだった。ある日母親から電話があって、弟の進路について相談された。

母の話によると、弟は仏教大学に進みたがっているということだった。将来は坊さんになりたいそうだった。

「まったく何を考えているんだか。十七や八で坊さんになりたいなんて、いったいどこをどう叩いたら、そんな考えが浮かんでくるのかねえ」

母は嘆いた。余所で生まれた母も方言は遣わなかった。

父はそのことについて何も言わぬという。父は一人の人間の志を曲げるということがどういうことなのか、よく分かっているのだろうと東山は思った。同時に母を押さえるほどの自信もないのだろうと思った。

東山は弟と話をしてみると答えて電話を切った。

次の日弟に電話をすると、彼は開口一番、

「母さんに頼まれたのか」

と苦々しそうに言った。

弟の話によると母は毎晩のように弟の部屋を訪れ、翻意を迫っているという。

「母さんは先生が東大を受けるように勧めているのに、もったいないって言うんだ。坊さんになりたいなんて、正気とは思えないって。でもぼくは自分がふつうに就職してふつうに生きていけるとは思わないんだ。何かが周りと合わないんだよ。友達だって少ないし。別に人が嫌いなわけじゃないんだ。だけどどうしてか人とうまくやれない」

東山はショックを受けて黙っていた。弟の気質が本当に父親に似ているのだな、と改めて思った。

父親は弟と違って友達が多かった。それなりに人とうまくやっているように見えた。しかし東山は父が本当は周囲に解けこんでいないと感じていた。弟の話を聞いたとき、東山は父の持つそうした何かが、形を変えて弟に伝わっているような気がした。

弟の進学に対する決意は固かった。東山にも弟の進路を左右するほどの自信はなかった。一方で母の思いが分からぬでもなかった。母に再度泣きつかれたとき、東山はまた弟に電話をかけ、

「一度ふつうの大学を出てみたらどうだ。それでもまだ坊さんになりたかったら、改めて仏教大学に入ればいいじゃないか」

と言った。

自分の言葉が無責任なようで迷いがあった。しかし、それ以外の解決策を思いつかなかった。

弟は東山の言葉にというよりは、母親の懇願に負けたようだった。母親の希望どおり東京大学の経済学部に進んだ。けれど二年生で専門を選ぶとき、誰にも告げずに転部した。文学部のインド哲学に進んだのだった。母親の手の及ばぬところに来て、やっと自分の思いに近いものを選んだようだった。

東山は会社が休みのとき、たまに弟の下宿を訪ねることがあった。父は弟にも充分な送金をしていた。それでも下宿は六畳一間に小さな台所がついたものだった。そのころの学生にはそれがふつうだった。

六畳間を占める書棚に並ぶ本のほとんどが、仏教関係の本だった。弟が経済などに何の興味も抱いていないのを、東山は身に染みて感じた。弟がせめてインド哲学を選んでくれたことに、ほっとしていた。自分が母親の思いに加担して、弟の志を曲げてしまったことに、罪悪感を覚えた。

東京で弟と会うようになって、東山は遅ればせながら、弟という人間を知るようになった。そして弟が人との接しかたを知らぬということに驚いた。弟は喫茶店や居酒屋で東山に会うと、嬉しそうな笑顔を浮かべていきなり喋りはじめる。ちょっとした挨拶さえ抜きだった。

「兄さん、土っていうのは実に不思議なものだと思わないか」

唐突な問いに東山はとまどう。しかし弟はそんなことなど意に介さずに続ける。

「種がぽとんと落ちただけで、万物が育つんだよ。こんなに偉大で不思議なことって、あるか。ぼくはこの何日間か、ずっと大地に感動しつづけている」

またこんなことを問うこともあった。

「兄さん、道元と法然とどっちが好きだ」

東山はどちらも名前しか知らない。好きも嫌いもなかった。しかし弟は東山の答など待たずに言う。

「ぼくは断然道元だな」

そして道元について延々と話しはじめる。

東山が自分の話に興味を持っているかどうかなど、眼中にないようだった。東山の困惑した表情にも、気づく様子がなかった。これでは他人とうまくやっていけるはずがない、と東山は思った。

それでも弟は大学で、二、三の友人は得ているようだった。ときどき彼らの話をした。インド哲学を専攻するような学生の中には、弟と似た傾向の人がいるのかもしれない、と東山は想像した。

弟は人との接しかたを知らぬだけでなく、お金の遣いかたも知らなかった。若いころは誰でもお金の管理に慣れぬものだが、弟の場合は度を越していた。父からの送金があると、弟はどんどん本を買ってしまう。欲しい本があればためらうことはない。その結果、仕送りは半月も経たぬうちに底をつく。

東山が呆れて、

「次の送金までどうするつもりだ」

と訊くと、

「何、別に構わない。インスタントラーメンで凌ぐ」

と恬淡として答える。

東山は見かねて、ときどき弟を安い食堂などに連れていった。すると弟は悪びれもせずに、

「ありがとう」

と言い、旺盛な食欲を見せた。

そんな弟を見ながら、東山はこの先もきっと弟は変わらないのだろう、と心の中で嘆息した。

弟のありようは親の躾とかいうものとは、関係がないような気がした。同じ家で育った東山は、弟のようにはなっていない。それにお金の遣いかたはともかく、人との接しかたなどは、自分で学ぶもののような気がした。そういうことを学ぶことのできない、あるいは学ぶ気のない人間に、教えることは誰にもできない。

ともあれ弟は無事に大学を卒業した。東山は弟が大学院に進んで学者の道を選ぶものと思っていた。が、弟はそうしなかった。学生ではなく研究者になれば、大学内でのありようも違ってくる。狭い研究室で生きるには、ふつうの社会と変わらぬ、あるいはそれ以上に難しい人間関係が生じる。弟はそれを肌で感じたのかもしれない。

結局弟は出版社に就職した。仏教関係の本を専門に出している出版社だった。そこなら自分の興味に近いことをやれるかもしれないと思ったようだ。が、出版社も人間の集団であることに変わりはなかった。弟は周囲に合わせることができず、半年で辞めた。

弟に再就職の意志はなかった。たとえ新しい職に就いても、同じことになるのは本人が一番よく分かっていた。

そのころになると、家族もまた弟のことを少しずつ理解するようになっていた。十八歳のときに弟が望んだことは、本能的に自分を知っていたからなのだ、ということを納得するようにもなっていた。

身の振りかたに迷う弟を見て、母親は仏教大学に入ることを勧めた。かつて無理矢理息子の意志を曲げたことを、後悔しているようだった。しかし弟はうんと言わなかった。多少は世間を知って、僧侶の世界もまたふつうの社会と大して変わらない、と思うようになったのかもしれない。

一ト月ほどぶらぶらしたあと、弟は南米に行くと言いだした。南米のどこの国という当てはないようだった。とりあえず大陸の南端に行き、そこから北上すると言う。一度日本の社会から抜けてみたいようだった。

弟の思いにもっとも理解を示したのは、父だった。父は弟の渡航費と当分の生活費を出してやると言った。そう語る父の顔に愁いはなかった。もしかしたら父の中にも、どこか見知らぬ国で、自由に生きてみたいという願望があったのかもしれない。

弟は南米を旅しながら、自分のやりたいことを探すと言った。弟は英語は話せるがスペイン

語は話せなかった。心配する東山に向かって弟は、

「何、どうとでもなるよ。言葉は必要に迫られれば身につく」

と泰然と答えた。

恐れを知らないのか想像力がないだけなのか、東山には分からなかった。そういうところも、弟は父に似ていた。

弟はたった一人で国を出ていった。両親は成田が遠方であることを理由に、見送りに来なかった。本当は見送る辛さに耐えられなかったのだろう、と東山は思う。東山は仕事の都合がつかず、行けなかった。

家族が誰も見送らぬことについて、弟は、

「別にどうということはない。大袈裟なことは嫌いだ」

と言った。

弟の南米滞在がどのくらいの期間になるのか、その時点では本人も家族も分からなかった。東山は漠然と二、三年ぐらいか、と考えていた。

弟はときどき旅先から両親や東山に葉書を寄越した。文面はごくあっさりしたものだった。それでも弟が無事でいることは確かめられた。

結局弟はそのまま三十年近く、日本に帰ってこなかった。その間に父も母も亡くなった。生

前父が人前で寂しさを見せることはなかった。しかし母親は弟の葉書を眺めては泣いたりしていた。

三十年ぶりに突然弟から帰国すると知らせがあった。東山は成田まで迎えに行った。帰国は一時的なものではなく、永住帰国ということだった。弟は一度も結婚しなかったから、単身での帰国だった。

東山は少しどきどきしながら到着ゲートのまえに立っていた。三十年会っていない弟を見分けられるだろうかと心配した。弟は葉書は寄越したが、写真は一度も送ってこなかった。しかしゲートから出てきた弟を、東山は一目で見分けた。黒かった髪は半白になっていたけれど太い眉と大きな目は変わっていなかった。何よりその風貌全体が、晩年の父にそっくりだった。東山に向けた屈託のない笑顔も、昔と変わらなかった。

東山を認めた弟は、片手を軽く挙げ、

「やあ」

と言った。二、三日まえに別れたばかりというような挨拶だった。

東山は黙ってうなずいた。言葉を発すれば涙が溢れてきそうだった。

東山は幸せな家庭を築いていた。ふだん孤独を感じるようなことはない。しかし父も母もない今、育った家の思い出を共有できるのは、弟だけだった。弟を見る東山の胸には、ただ素直な懐しさだけが広がっていた。

弟は東山の住む市の隣町に土地を買った。東山の家から車で三十分あまりのところだった。かなり広い土地だったが、人家もあまりない辺鄙なところだったから、地価は安かった。弟はそこに小さな平屋の家を建てた。何がしかのお金は貯めてきたらしかった。質素に暮らせば生活に困ることはなさそうだった。しかしそういうことに関して、弟は何も言わなかった。東山も尋ねなかった。それに弟はときどき仕事もしていた。スペイン語の翻訳だった。何かの伝手があるようだった。

日本で暮らすための準備が整うと、弟は庭を造りはじめた。桜、木蓮などの花樹も植えたが、主として桃、梅、蜜柑などの果樹を中心に植えていた。庭の半分は畑にした。その畑で一年を通し野菜を育てるつもりのようだった。節約などは念頭になく、大地の恵みを実感するためらしかった。

弟は南米での年月について多くを語らなかった。が、さまざまな仕事を経験したのだろう。暮らしに必要なことは、大概自分でできるようだった。中古の小型トラックを手に入れ、どこへ行くにもそれに乗っていた。壊れると自分で修理した。

弟は昼間は庭で作業をし、夜は本を読んで過ごす生活をしていた。書棚に少しずつ本が増えていった。昔と同じように本を買うお金は惜しまなかった。スペイン語の本は少ししか持ちかえらなかった。並んでいるのはほぼ日本語の本だった。思想書、哲学書、歴史書などだ。それを眺めながら、異国で三十年暮らしても、弟の本質は変わらなかったのだな、と東山は思った。

弟の家の中には冷蔵庫や洗濯機など最低限の家電はあった。しかしテレビはなかった。着る物には無頓着で、東山の知る限り、夏用冬用とも数着ずつしか持っていなかった。見兼ねた東山は、ときどき自分のお古を持っていった。弟は気にする風もなく喜んで着ていた。

東山の近くに家を建てはしたものの、弟は東山の家を訪ねてくることはなかった。東山の妻に気を遣うのが嫌なようだった。東山の妻も、弟の世間の作法を意に介さぬ振舞に、慣れることができぬようだった。しかし弟は東山の子供達は可愛がった。実家を離れて暮らす子供達の消息を知りたがった。子供達が帰ってくると、東山は必ず弟のところに連れていった。弟は満面の笑みで彼らを迎えいれた。東山の子供達も風変りな叔父が好きなようだった。そのことが東山は大変嬉しかった。

東山は訪ねてこぬ弟のために、自分のほうから出向いていった。まだ現役で仕事をしていたから、行くのは土曜か日曜だった。

弟はいつも嬉しそうな笑顔で東山を迎えた。口に出すことはなかったが、一人暮らしはやはり寂しかったのだろう。

帰国後、弟は大学時代の友人と連絡を取りあっているようだった。しかしそれでも彼らに会うのは、せいぜい年に二、三度のことだろう。多くの日々を一人で過ごすことになる。

東山が弟を訪ねるのはいつも昼間だった。二人は居間兼寝室の椅子に腰を下ろし、コーヒーを飲みながら語りあった。主として話をするのは弟だった。彼の頭の中には語りたいことが一杯詰まっているようだった。昔と同じように突然プラトンについて話しだす。かと思うといつの間にかトインビーの話になっている。本居宣長について延々と話すこともあった。

それらの人々について、東山は一般常識以上のことは知らなかった。さしたる相槌を打つこともできなかった。しかし東山にとって弟の話を聞くのは、おもしろいことだった。一人の人間の思考の跡を辿るのがおもしろかった。また優秀な頭脳が高速で回転するのを感じられるのは、快いことでもあった。

そうやって過ごす時間は、弟のためというより、東山自身にとって大切な時間だった。自分が生きている俗世の垢を、何がしか落としてもらえるような気がした。

東山は自分の生きている世界を、嫌だとは思っていない。サラリーマンとして生きてきた道のりを、後悔もしていない。しかし弟を見ていると、ああ、いいな、と思うのだった。

そんな風に弟は生きた。が、帰国後六年で突然亡くなった。心臓発作だった。弟は健康診断なども受けていなかった。いたって健康そうに見えたから、本人も東山も躰の心配などはしていなかった。

東山は弟の突然の死に大きな衝撃を受けた。父や母を送ったときとは、比べものにならぬほどの衝撃だった。

東山は弟が母国で死ぬために帰ってきたような気がした。最期までなじめぬ社会だったのに、それでも戻りたかったのだろうか。そう思うと涙が零れた。湿っぽいことが嫌いだった弟は嫌がるだろうと思ったが、やはり辛かった。慰めは弟を父母と同じ墓に眠らせることができたことだった。

気がつくと、東山は葉書を手に持ったまま、考えごとをしていた。腰の辺りが強ばっている。葉書を引出しに戻して立ちあがると、少しよろめいた。

階下に降りたが、妻はいなかった。買物にでも行ったらしい。

東山は外の空気を吸うために庭に出た。さして広くもない庭だが、樹木の数は多い。楓や山法師などもあるが、主として紫陽花やつつじなどの灌木が植えてある。その樹々に柔らかな昼下りの日が差していた。小春日和の日だった。が、日蔭の辺りには寂しさが漂っている。空気の奥にそっと潜んでいるような寂しさだった。

　東山は庭の真中に立って腰の体操をした。躰を反らせて上を向くと、隣家の屋根越しに薄く掃いたような雲が見えた。

　父も弟も自分の生きた人生について、何も語らなかった。彼らが幸せだったのかどうか、東山には分からない。

　しかし雲を見ながら東山は思うのだ。二人とも本当にいい人間だったな、と思うのだ。好きだったな、と思うのだ。

著者略歴

三宅　麗子（みやけ・れいこ）

1949年福島県生まれ

お茶の水女子大学卒業

著書に「実おじさん」「はよ帰られえ」「瑠璃色の空」「いつかどこかで」

暖《あたた》かな日《ひ》に

2018年6月11日初版発行

著　　者　三　宅　麗　子

制作・発売　中央公論事業出版

〒101-0051　東京都千代田区神田神保町1-10-1

電話　03-5244-5723

URL　http://www.chukoji.co.jp/

印刷／藤原印刷・製本／松岳社

ISBN978-4-89514-490-2 C0093

◎定価はカバーに表示してあります。

◎落丁本・乱丁本はお手数ですが小社宛お送りください。

　送料小社負担にてお取り替えいたします。